我家執事如是說

菜鳥主僕推理事件簿

1

高里椎奈

輕文學
Light Literature

我家執事如是說

菜鳥主僕推理事件簿

1

事情的開端是來自父親的一封信。

「我要退休，之後就交給你了。」

父親的個性有點古怪，常常做出令周遭的人摸不著頭緒的事。因此一開始我以為這次又是他開的一個無聊玩笑。然而，周圍的人越無法理解，就是父親越認真的時候。

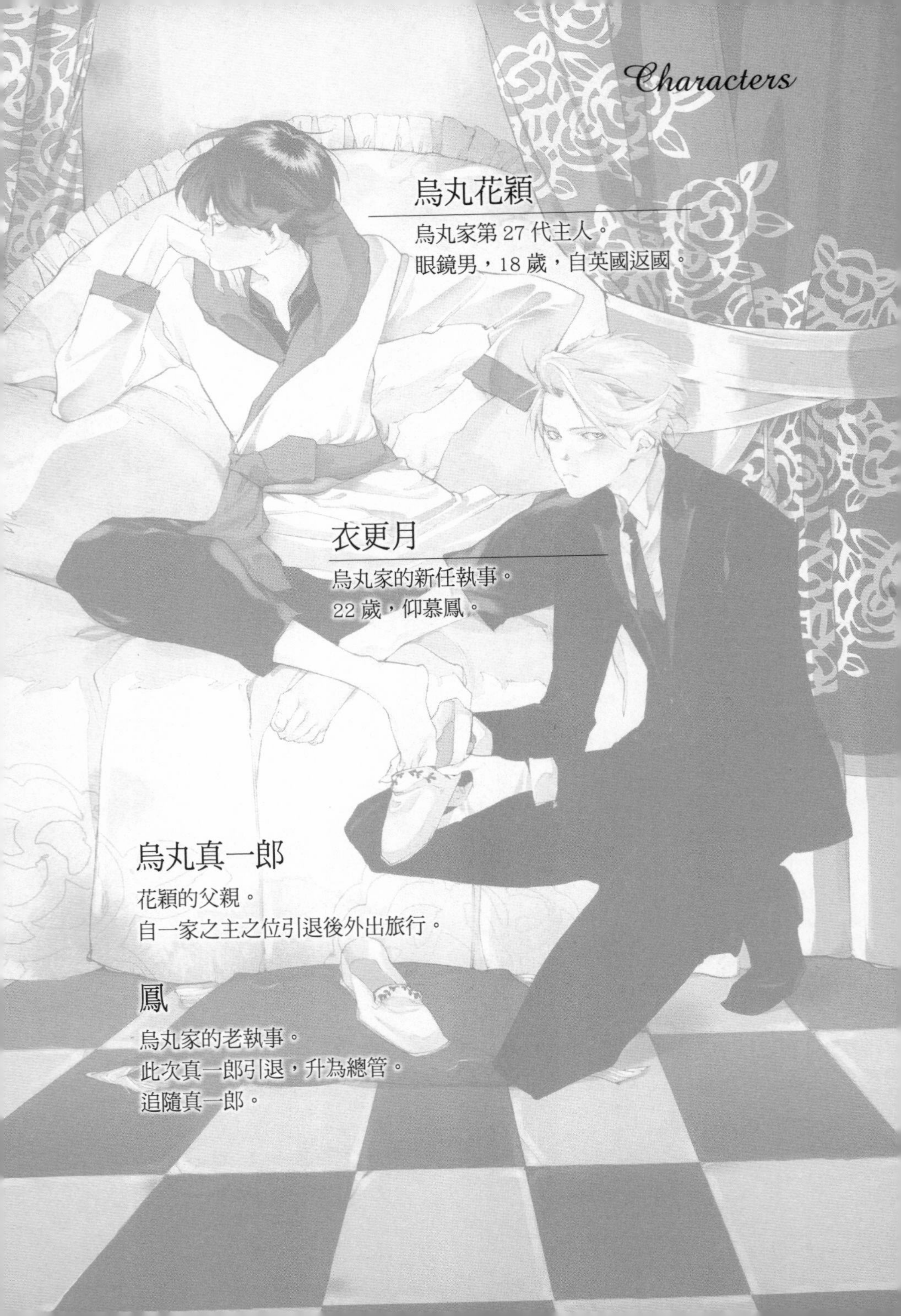

Characters

烏丸花穎

烏丸家第 27 代主人。
眼鏡男，18 歲，自英國返國。

衣更月

烏丸家的新任執事。
22 歲，仰慕鳳。

烏丸真一郎

花穎的父親。
自一家之主之位引退後外出旅行。

鳳

烏丸家的老執事。
此次真一郎引退，升為總管。
追隨真一郎。

第1話　穿新衣的國王與騙子執事

1

「我是主人！」

花穎高聲宣布，唇角無畏地上揚。

臥室的白色天花板迴盪著沒有聽眾的聲音。血液在揮出的雙手裡沸騰，雙拳漸漸帶著熱度。赤腳下剛起身的床鋪還留有暖意，微微連繫著夢境與現實，不過那股暖意也迅速冷卻的現實，令花穎從睡夢中清醒。

「好冷。」

春日的早上仍屬於冬天的範疇，一大意便會奪走人的體溫，雖然比冬日冷到骨子裡的寒氣親切許多，但寒冷的程度足以讓只穿著一件睡衣的人感冒。

花穎把捲起的棉被拉至腰上，環顧室內。

這是間比昨天醒來的公寓還要狹窄、僅有六坪寬的臥房。

小時候看來像人臉而害怕的木紋，現在卻覺得那是種充滿歷史風情的質地，隔開房門與床舖的精巧木格雕花，是職人嫻熟工法的展現。昨晚，他也已充分體會到，房內窗簾的美好觸感是積累灰塵的百葉窗萬萬比不上的。

然而，這幢在曾祖父時代之前建成的明治時期老房子，並沒有全屋的地暖系統，溫暖花穎房間的設備只有中央空調暖氣，

「……………」

花穎一面徒勞地理著絲質睡衣的袖口，一面思考。

花穎有這個權利。

可以傳喚他吧？

但是，在傳喚之前行動不是「他」的工作嗎？傳喚這個行為不僅會顯得花穎氣度狹小，恐怕還會傷及「他」的名譽。

但是，好冷。

花穎下定決心，朝門外呼喚：

「butler。」

那是負責家中一切事物的職務名稱。

「butler，我起床了喔。」

也就是，執事。

叩叩。

敲門聲響起，門把轉動了起來。

身著沒有一絲皺折的西裝，雖然年邁，卻無損其精實的體格與優美的姿勢。整潔的白髮代表著經驗，沉穩的面容道出本性，優雅的舉止訴說著他的能力，令人深信能夠將全部的信任交付於他。

他是獨一無二，從父輩開始就侍奉主人的執事——

如此期待著的花穎轉動上半身，把手伸向床邊戴上眼鏡，再次將視線轉向門口。

身穿西裝的男子將銀色拖盤放在桌上。

「早安，花穎少爺。茶已經泡好了。」

「你是誰？」

花穎的表情皺成了一團。

男子穿著西裝，身高頎長，全身上下沒有什麼贅肉，看起來身手靈敏。

但是，他的頭髮是奶茶色，面容雖可說端整，卻有著年輕的銳角，態度隱隱有些僵硬，感覺得出來那份經過訓練、過分端正的端正。

男子為 Herend 優美的黑色茶杯注入紅茶，放在小托盤上，送到了花穎身邊。

「請用。」

「你沒聽見我的問題嗎？」

花穎看也不看紅茶，瞪著來路不明的男子。

男子眼神不為所動地俯視花穎。

紅茶的熱氣上升，又虛無地消失。

花穎最後實在忍不住，手掌拍著枕頭下了床。

「鳳在哪裡？執事！」

「是的。」

毫不在意地光著雙腳走向門口的花穎身後，傳來了男子的回應。

還無法理解狀況的花穎一回過身，便見男子將托盤放在床頭櫃上後，朝花穎恭敬地行禮。

「我叫衣更月，從今天起擔任執事一職。請您多多指教。」

「騙人！」

花穎反射性地回答。

無論再怎麼想，都覺得這是個惡劣的玩笑。

「我是烏丸家第二十七代主人喔。這四十年來烏丸家的執事沒有缺席過一日，一定是鳳。」

雖然因血液直衝腦門而說了奇怪的國語，但現在這都無所謂。花穎眼前的這名男子才是問題所在。

「……請看。」

自稱衣更月的男子把手伸進西裝內袋。

花穎馬上擺出防備的姿勢。

衣更月取出的是張摺成三摺的紙。花穎打量著衣更月和紙張，小心地接下，攤開了紙張。

紙張上半部印著電腦打字的「任命書」三字，內容是任命名叫衣更月的這名男子擔任執事。花穎接著攤開下半部，一道手寫署名寫著鳳的名字。

花穎在父親的代筆信上看過好幾次。

那的確是鳳的筆跡。

「為什麼？為什麼鳳要離職，而且還讓一個來路不明的年輕小伙子接任？」

花穎的手直發抖。是憤怒、動搖抑或悲傷，連他自己也不清楚。

在任命書被抓皺，增加新的折痕以前，衣更月從花穎手中抽出任命書，小心地將紙張摺好放回內袋。

「花穎少爺。」

「幹……幹嘛？」

花穎並不是個特別膽小的人，不過，由於衣更月個頭比花穎還高，一旦被他盯著看，便不由得退卻起來。

說話前保留一段時間似乎是衣更月的習慣。與符合時下年輕人的外貌相反，衣更月以嚴肅的口吻和誇張的用字遣詞接著說：

「我等為侍奉主人之身。唯一的主人對好幾名傭人的注意不若我等對主人所投注的關注，是極為自然之事，然而，您知道烏丸家如今雇用了幾名傭人嗎？」

「為什麼我必須回答這種問題？」

「如果您是一家之主的話。」

被人這麼一說，就很難拒絕回答了。

花穎不情不願地彎著冰冷的手指，數起出入家中的固定雇傭。

「有執事鳳吧。每天來往家裡的，有園丁桐山和女管家兼廚師的雪倉。」

「她現在因為閃到腰正在休養中。」

「是嗎？雪倉還不到那把年紀吧？她還好嗎？」

「聽說她上個月滿五十一歲了。根據醫生的診斷，需要花幾天的時間復原。」

花穎待在日本的時期，是念寄宿中學以前的事，也就是五年前。不過，恐怕不是五年的歲月改變了雪倉，而是對當時還是小學生的花穎而言，覺得雪倉從自己出生以後就一直沒有改變吧。

「現在由雪倉的表妹片瀨優香代理臨時廚師一職，家中的整理工作則由雪倉的兒子峻負責。兩人都已得到真一郎老爺與鳳先生的認可。」

「這樣啊。」

如果是父親和鳳的判斷就不會錯。花穎吐了一口氣，想起彎到一半的三隻手指頭，重新彎下第四隻手指頭數道：

「再來是……還有誰呢？褓姆的話，我已經是不需要人照顧的年齡了，家教是由鳳兼任，守衛從以前就是委託保全公司……啊，還有司機駒地吧。」

花穎在腦海中描繪著家裡與庭園的每一角，從各個工作崗位聯想負責人。大掃除期間來的清掃業者和負責整修房子的木工與傭人的性質又不同吧。

當花穎再也想不出來的時候，衣更月細長的眼角看起來透著微微的失落。

「因為是在花穎少爺前往英國後才受到雇用，不知道也無可奈何。」

「嗯？」

「直到昨日以前，我擔任家中的男僕（footman）。鳳先生升為總管（house steward）後，我就被任命為執事（butler）了。」

衣更月以徹頭徹尾冷靜的聲音，正當化花穎的疏漏。

「唔……也就是說，鳳升官了嗎？」

「誠如您所言。」

衣更月點點頭。

「我了解了。那麼，所謂的總管，具體來說——哈啾！」

打了個噴嚏，一股寒意竄上花穎的背脊，他冷得腳尖都要失去知覺了。

「花穎少爺，請。」

衣更月在花穎跟前擺好鋪毛拖鞋，又從 ottoman ——置於床腳的腳凳裡取出長袍，披在他發冷的肩上。

花穎有一瞬間想要撥開，但是地板非常冰冷，而睡袍和拖鞋是如此溫暖。

（這是為了鳳的面子。）

花穎給自己一個最合適的理由，側頭看著衣更月。

「我姑且先認同你吧。你是家中的新執事。」

「謝謝。」

「如果是執事，在主人打噴嚏前，不是應該先準備好長袍和拖鞋嗎？」

花穎將心中尚未消散的反抗感化作小小的諷刺投向對方。衣更月不帶感情地回答：

「很抱歉，因為直到前一刻為止，我才剛被認同為執事。」

重新注入溫暖的紅茶，衣更月將茶杯連同杯盤放到啞口無言的花穎手中。

2

在年幼的花穎眼中，鳳就像個無所不能的超級英雄。

十八年前花穎出生時，鳳已經以烏丸家執事的身分待在家裡了。

念幼稚園時，對花穎而言，鳳尚未跟其他傭人或是父親公司出入家中的人有太大區別，覺得他就是個幫助雙親，對傭人們下達指令的親切叔叔。

對鳳的看法有所改變，大概是在母親過世之後吧。那時，花穎六歲。

儘管父親在家時常常陪花穎玩，但他當然有更長的時間因工作不在家中。父親不在時，花穎都是和母親一起度過，但在六歲的夏天後，最常陪在花穎身邊的，就是鳳。

鳳在指揮傭人、貼身照顧父親以及管理家中不動產的同時，也幫助花穎的課業，聽他訴說煩惱，有時候還會陪他玩卡片遊戲。花穎若是睡不著，鳳會在他枕邊念書直到他入睡。

當花穎鬧脾氣想跟父親一起玩時，鳳會陪著他聽完父親的訓話，之後再偷偷遞給父親調整過的行程表與遊樂園的門票。

父親聯絡他說要退下前線去隱居，是上個月的事。

花穎認為在繼承家業的同時，鳳也會成為自己的執事，一辦完各式手續，馬上雀躍地回到日本。

然而——

「鳳——不在嗎？執事。」

花穎敲了敲糙皮樹的門板，嘆了一口氣。

這是靠近廚房的工作間房門。早餐後的自由時間，鳳幾乎都會在這裡。因為雖說是自由時間，但執事一天裡有做不完的工作。

工作間裡，連著執事可以自由使用的客房和寢室，但別說是回應了，這裡連一絲人的氣息也沒有。

一低頭，眼鏡便從鼻梁滑了下來。螺絲鬆了。花穎把眼鏡往上推，走離房門幾步。

背後傳來開門聲。

「花穎少爺，您叫我嗎？」

衣更月關上門，站在走廊上。花穎嚇了一跳，瞠大了眼睛。

「房裡沒有任何氣息耶。你是人類嗎？」

「很不巧，直到今天為止全部的人生裡，我都是身為一名人類而生活的。」

這個人沒辦法開玩笑。

花穎疲憊地背向工作間的房門與衣更月。

「算了。你跟雪倉說我不吃中餐。」

「恕難從命。」

因為遭到拒絕，花穎下意識地停住了腳步，他馬上注意到自己的失誤。

「對了，是片瀨吧。真麻煩啊。」

這種程度的錯誤，只要聽過去再傳話給片瀨就好了不是嗎？父親在生日卡片上把合作對象女兒的名字寫錯時，鳳什麼也沒說就幫父親改成正確的字了。

花穎不開心地翹起嘴巴，但衣更月卻說了奇怪的話：

「不知道是否有錯，以防萬一我確認過，正要向您報告。」

「有錯？聽就知道了吧？你是想讓主人難堪嗎？」

「不是的，為了不讓事態發展至此，我已重新數過。」

完全聽不懂。衣更月和花穎是在講同一國話嗎？當花穎歪頭表示困惑時，衣更月端整的臉龐微微地暗了下來。

「您找我不是為了那件事嗎？」

「看來我們話說不通啊。」

「確實如此。」

「你說有錯是指什麼？」

「也有可能是我誤會了。」

「誤會什麼？」

花穎連續追問後，衣更月說出了不得了的話：

「家裡似乎遭小偷了。」

「咦！」

花穎跳了起來，感覺五臟六腑都沉了下去，臉色發白。

「報警了嗎？」

「沒有。」

「為什麼不報？」

「我有義務必須先通知您。此外，若是輕易報警，我擔心是否會傷及家譽。」

「傷及家譽？來路不明的小偷做的壞事，應當不會變成我們家的汙點。」

「若是來路不明，或許如此吧。」

衣更月沒有表情的眼神，如同鏡子般反射了花穎的懷疑。

若是來路不明。

花穎了解了衣更月真正想表達的意思，皺起眉頭。

「小偷是家裡面的人嗎？」

「或是出入家中的人。」

衣更月冷靜地給了肯定的答覆。

花穎突然間感到不安，心神不定地環顧四周。由於陽光幾乎照不到傭人專用的走廊，像是樓梯或櫃子後等，這裡有許多可以藏身的暗處。

「什麼時候？小偷偷了什麼？」

「應該是昨天到今天早上之間。部分銀製餐具和一組茶杯不見了。」

「昨天……」

閃過腦海的對照，令花穎後退了半步。

「……就在你任職執事之後呢。」

「是的。恐怕就是在我侍奉『花穎少爺』之後馬上發生的事。」

「！」

花穎與衣更月的話表面上幾乎相同，但意義卻完全不一樣。

衣更月長時間以男僕的身分待在烏丸家中。另一方面，花穎昨天才剛從英國回來。

烏丸家裡的大變動不是衣更月，而是花穎。

「需要聯絡真一郎老爺嗎？」

「不。」

花穎將鞋底重重踩在地板上，正面盯著高挑的衣更月。

「不管是誰，我都不會讓他傷害烏丸家的名聲。我會找出小偷。」

如果小偷以為花穎比父親更容易有機可乘，他會讓對方後悔莫及。

彷彿受到花穎決心的震動，古老的窗戶在春天的強風中震得喀噠喀噠作響。

3

「這裡就是保管銀製餐具的地方。」

花穎在衣更月的帶領下，走進位於一樓北邊的小房間。

雖然是十二歲以前一直生活的家，但他第一次進來這間房間。

一樓的南邊有書房、接待室、食堂、起居室等家人生活的空間，以牆壁相隔的北邊則有廚房、食品儲藏室、布品補給室等工作需要的房間。

北側與南側是可以相通的，但是有需要時必須先爬到三樓，從傭人專用的樓梯下去，打開刻意隱藏、外觀與牆壁融為一體的後門才行。花穎被教導在這幢古色古香的房子裡，居住者使用的走廊與傭人的走廊是分開的，不可互相干擾。

就算花穎為了找鳳而前往執事工作間，也不曾想過進入其他的工作室，就是基於父親這則教誨。

「原來長這個樣子啊。」

花穎仔細地打量餐具室。

這是間只有一坪左右的狹小房間。三面牆壁設有櫥櫃，右邊是各式各樣的餐具，正面是無數的玻璃杯，左邊則收著桐木盒。

「這邊請。」

衣更月站在正面的櫥櫃前。櫥櫃上半部是玻璃窗，可以看見櫃中的玻璃杯，下半部則是木製抽屜。衣更月拉開最上面的抽屜，把位子讓給花穎。

抽屜中收著銀製餐具。

木框裡鋪著白布，整齊排列著各式各樣大小與形狀的刀叉與湯匙。然而，與抽屜的大小相比，餐具的數量太少了。可以發現左邊有六排之多的餐具消失了。

「杯組是連盒子一起被拿走。伊萬里與古瀨戶的餐具平安無事。」

「這間房間有鑰匙嗎？」

「有的。每天早上準備早餐以前，我會將所有工作需要用到的房間都打開，於就寢前上鎖。」

「也就是說，白天誰都可以進來。」

無法鎖定小偷。若是外面的人夜裡偷偷進來就更難辦了。

「昨晚上鎖時沒有確認嗎？」

「昨晚只有我一個人用餐，因此沒有使用銀製餐具。因為白天擦餐具的時候都在，所以晚上我以為餐具跟白天一樣，沒有開抽屜就鎖門了。」

「我聽鳳說，他每天晚上都用數銀餐具來代替數羊呢。」

「……非常抱歉。」

衣更月的眉眼變得僵硬。

已經過去的事也無可奈何。花穎將手中的桐木盒放回架上。

「我要看大門的監視錄影。」

花穎氣勢洶洶地離開食器室，卻在踏出一步後發現自己不知道記錄監視影像的地方在哪裡。

提前先跑卻等著時間追上實在令人很難為情。衣更月推回抽屜、關好門到上鎖的這段時間感覺似乎特別漫長。

「讓您久等了。」

「好慢。快走。」

「是。」

衣更月走在前頭領路讓花穎偷偷地鬆了一口氣，再度邁開步伐。

衣更月帶著花穎來到的，是一樓的書房。

「有什麼問題嗎？」

「不……因為這間房間一直是父親的領域，所以有點猶豫。」

花穎躊躇不前，在門旁停下了腳步。

父親寄來的信上只寫著要讓位給他，隔天，父親的律師來到研究室送來了繼承的說明與龐大的書面資料。

花穎慌張地打電話詢問父親是不是發生了什麼不好的事。結果，父親用天生輕快的嗓音這麼說著：「我要隱居去環遊世界，之後就交給你了。」

花穎十分困惑。那天，就連一向最喜歡的番茄肉醬焗烤都嚥不下去。

他才十八歲，在日本的法律裡也有諸多限制。雖然學業上託鳳的幫助，已經連研究所的博士課程都修完了，但花穎一直以來的生活都在校園裡，只在研究室角落與書為伍，從來沒想過會突然繼承烏丸家。

然而，會想要努力嘗試看看，是因為有鳳在。

因為鳳將成為自己的執事，所以他才能接受父親無理的要求。

然而，好不容易回家一看，卻不見父親的身影，鳳也沒有來接他。以備份鑰匙進入家中，因疲憊幾乎是昏睡過去後，隔天早晨一名陌生的男人自稱是執事，最後還跟他說家裡遭小偷了。

花穎有時會懷疑這是不是一場自己沒注意到的惡夢呢。

被帶進空無一人的書房，花穎才終於湧現自己接手父親位置的真實感。

「花穎少爺。」

「……從二十七小時前開始用快轉播放。」

花穎握緊拳頭，大步走向書桌。

衣更月打開了不同於電腦，另外一台只連著幾條電線的螢幕電源。那台螢幕似乎可以接收電腦輸出的影像，卻無法干涉電腦內的資料。即使是執事也沒有那樣的權限。

衣更月操作著類似電視遙控器的物品，叫出了黑白的影像。

「這是現在正門前的樣子。這裡可以看到跟傳回保全公司相同的畫面。錄影資料也一樣。」

衣更月又進一步按了幾個遙控器按鈕。門柱的輪廓像是打了馬賽克般，出現雜訊，門每開一次人影就像紙劇場一樣飛快後退。

畫面左下角的日期是昨天，倒回至七點半。

「我要用快轉播放畫面了。」

衣更月再次操作遙控器，剛剛不連貫的畫面現在有了順序，一輛競速自行車通過了門口。

「剛剛那是雪倉葉繪的兒子，峻。」

「那種腳踏車在日本沒有違反道路交通法嗎？」

「我請他事先裝好煞車了。」

「那就好。」

傭人沒規矩就是主人沒規矩。花穎現在就是在尋找那個沒規矩。八點十二分，接下來是一位女性徒步穿過大門。雖然可以從一身輕便的穿著和輕薄的托特包猜出她的身分，但花穎還是指了指畫面。

「她是？」

「雪倉葉繪的表妹，片瀨優香。她通常八點進廚房，昨天可能是因為不用做早餐，才會這個時間進來。」

「這樣啊。除了人員進出其他都跳過。」

花穎把手肘撐在扶手上，身體靠向椅背。

錄影內容是非常無聊的影像。說是畫面也無不可。

早上除了那兩人以外沒有其他訪客。連推銷員和宅急便都沒有。晚上十七點和二十點，峻和片瀨只是與來的方向相反穿過了大門。在日期改變的深夜一點，計程車停下，花穎下車，早上是送報員和峻、片瀨上班，重播結束。

「好，我知道了。」

花穎坐起上半身，右掌拍著桌面。

「我要調查全部的房間。」

「好的。」

衣更月回應，關掉了螢幕電源。

有時候順從會給人一種少了什麼的感覺。

「你不問我理由嗎？」

花穎斜眼朝衣更月的方向看去，對方馬上回答：

「能否請問您調查家中的理由呢？」

經花穎一說才提出的問題雖然聽起來很刻意，就睜一隻眼閉一隻眼吧。花穎將椅子轉了四分之一圈，雙手在身前擺出了大約十五公分寬的長度。

「就算茶杯組的盒子再小，應該也有這麼寬吧？」

「是的。」

「雪倉峻的腳踏車沒有籃子，包包則是勉強能放進皮夾和智慧型手機的後背包。片瀨優香的托特包沒有厚度。不管是哪一個，身上的裝備都很難從家裡把盒子帶出去。」

「是的。」

「根據監視器錄影，並沒有他們拿盒子出去的影像。」

「是的。」

太過順從實在令人很沒勁。

花穎從椅子上起身，背對透著綠色光線的窗戶。

如果是內賊，應該是將偷來的東西藏在家中某處。已鎖定尋找範圍的失竊物，只要花時間就一定能找出來。這世界上，擁有質量的物質絕對不可能像煙霧一樣消失。

然而，小偷實在很狡猾。

到處都沒有失竊物的蹤影。

花穎甚至調查了食品儲藏室、酒窖、配膳室、廚房、布品補給室、清潔用品房、傭人休息室、洗衣房，卻連銀製餐具的銀字都沒找到。

接下來加上南側的書房、接待室、食堂、起居室，念書房、音樂房、投影室、甚至連茶室的家族合照都翻了一遍，還挖了陽台盆栽裡的土。但是，果然還是沒有。

「都這樣還找不到的話，是不是想成是外來者做的比較好呢？」

「那麼，我打電話報警。」

「不……等等。讓我稍微……考慮一下。」

報警是最後手段。

一旦警方介入，若是內賊的話，就不好蒙混過去了。回國第一天就失去烏丸家的名聲不僅無顏面對父親和祖先，還有可能讓鳳大失所望。

花穎交叉著手臂，坐在陽台的欄杆上。

眼前是一片照顧得井然有序的庭園。

雖然種有松樹與梅樹卻非純和風，是為了配合屋子的設計。烏丸家裡以洋房居多，日常用品也大多是進口家具，但屋頂與玻璃拉門、欄間等處又留有和式氛圍。

花穎雖然不知道家中確切的佔地面積，但從玄關走到大門需要五分鐘。

「對了，能夠藏贓物的地方不限於家裡。」

「需要為您準備鏟子嗎？」

衣更月一句話就以嚴苛的現實阻止了花穎的靈光一現。

「唔，就算拜託桐山，想翻遍每個角落調查還是要花上幾天吧……」

就算是通曉樹木數量和土質的園丁，要找出失竊的東西應該也很困難。

淺綠以及花朵的顏色。

花穎感到一陣暈眩，正當他以手掛著欄杆往地上坐的時候。

「小偷！」

樓梯下響起割裂金屬般的尖叫聲。

衣更月回過身。

花穎從陽台奔進室內，追在衣更月身後。

4

爬上三樓，跑下傭人用階梯。

衣更月看了幾間房間，終於在廚房停下了他修長的雙腳。晚一步跑進廚房的花穎，在裡頭看到一位年約四十、身材圓滾滾的女性右手拿著平底鍋，左手抓著沙拉油罐，拱著肩發抖。

「片瀨小姐，發生什麼事了？」

雖然從監視器畫面中看不清楚五官，但這位女性似乎就是雪倉的表妹片瀨。

聽到衣更月的詢問，片瀨回過神般地張開眼睛，一臉蒼白。

「衣更月執事！不好了，怎麼辦？小偷！有小偷！」

「他往哪裡逃了？」

「逃……？不是的，請看，這副慘狀！」

隨著片瀨的手臂揮向後方，蓋著蓋子的沙拉油滴飛散開來。

她指的，是廚房本身。

拉開的抽屜、牆上遭人全部撤下來的平底鍋，櫥櫃裡拿出來的鍋子像大小烏龜般疊在地上又倒了下來。購物袋裡的東西翻倒在工作檯上，馬鈴薯與南瓜掉了一地。

花穎推了推眼鏡，努力保持平靜的口氣說道：

「抱歉，把廚房弄亂的人是我。」

為了找盒子，還沒有時間收拾善後，現在大概每個房間都是這副慘狀。

面對自首的花穎，片瀨一臉目瞪口呆，接著彷彿漸漸湧上真實感般，雙眼取回了焦距，凝視著花穎的臉龐。

「莫非您是花穎小少爺嗎？」

「…………」

花穎很怕人們探索的眼神。尤其又是在自己有錯的時候。

「這是昨天深夜才回來的花穎少爺。」

聽到衣更月的介紹，片瀨鬆開了糾結的雙眉。

「果然！好懷念啊。您小時候我過來幫葉繪時，我們有見過幾次面喔。您來廚房是發生什麼事了嗎？」

「啊，不……」

「我回來了──阿姨，冰糖和煉乳還有料理酒買回來囉。」

輕快的聲音輕易地打消了花穎語無倫次試圖回答的努力。聲音的主人踏進廚房後，膝蓋僵硬地停留在原地。

「小偷！」

又要從這邊開始解釋了嗎？

為情況感到厭倦的花穎，在衣更月的影子裡垂下了腦袋。

「萬一考慮要報警的時候，我想家裡是不是不要弄得太亂比較好。」

「那就早點說啊。」

花穎隨心所欲地把家中弄得一團亂。他坐在廚房的木頭圓凳上，後悔地抱著腦袋瓜。額頭的方向，傳來了片瀨和峻關心的氣息。

「啊……在找東西嗎？老爺不同於外表是個粗枝大葉，不對，魯莽冒失，不對，是個豪邁的人呢。」

峻的回應讓人忍不住想要諷刺地回他一句：還真是謝謝你不上不下的體貼。

「只要說一聲，我們就會幫忙找了。請問您在找什麼呢？」

花穎抬起頭，盯著以手肘撞著峻的片瀨，以及用苦笑彌補失言的峻。

一想到如此笑著的兩人其中有誰可能是小偷，花穎的心情就亂成一片。雖然他已習慣這種感覺。

「就算隱瞞也沒用。衣更月，跟他們解釋。」

花穎以手指壓著眼眶，把問題丟給了衣更月。

從衣服摩擦聲響，得知衣更月端正了姿勢。

「餐具室少了幾件東西。花穎少爺認為遭竊的物品可能還在家中某處。」

「咦？為什麼在家裡？」

片瀨狀況外地瞪大了雙眼。

率先理解話中含意的，是峻。

「您是在懷疑我們嗎？」

「很遺憾，雖然沒有懷疑的線索，但也沒有你們清白的根據。」

進一步說，花穎與他們相處的時間並沒有長到足以產生感情。

聽到花穎毫不留情的判斷，峻和片瀨的臉色微微發青。

「我們絕不希望讓葉繪丟了工作，又怎麼會自己做出讓烏丸家丟臉的行為呢？」

「我……從小就聽媽媽說我們家受了烏丸家多大的恩惠。所以絕不會偷家裡東西什麼的……」

如果他們的忠心是真的就好，但是——

「我也希望你們是清白的。跟我說說你們昨天一天的行蹤。」

花穎以手掌遮住眼眶，大拇指和中指推著眼鏡的兩側。

片瀨和峻面面相覷，偷偷看著衣更月。衣更月以視線肯定後，兩人低下頭，最後從片瀨依序開口：

「我早上八點來上班，那時峻已經來了，正在掃樓梯。」

「我應該是七點半左右到的，因為媽媽請我看一下醃東西的罐子。」

跟監視器的時間大抵一致。

「因為不用做早餐和中餐，我就和峻一起打掃，也曬了棉被。」

「你們一起行動嗎？」

「不是的。雖然偶爾會在走廊上碰面，但基本上是分工合作。峻擦玻璃窗，我用吸塵器。六點左右準備衣更月執事的晚餐，八點回家。」

「原來如此。」

花穎明白了一件事，深深地點頭。

在廚房找盒子的時候，烘碗機裡有一人份的餐具和紅酒杯。

昨晚用餐的只有衣更月一人。

主人不在，晚餐配紅酒，真是優雅。

「衣更月！」

「是，花穎少爺。」

「你怎麼看？」

花穎微微的殘忍將懷疑同事的工作丟給衣更月。傭人的雇用、統合也是執事的工作。若他能稍微有點傷腦筋的樣子就好。

衣更月將澄澈的視線轉向兩人的方向，繼續詢問：

「昨天在家裡或是宅邸附近有發現不尋常的地方嗎？」

「不……沒有印象。」

峻左右搖晃腦袋。

「我也是。因為從真一郎老爺出發到昨天為止，家裡只買了最低限度的食材，聽到要迎接花穎少爺後，我為了確認冰箱存貨和下訂單就已經忙不過來了。」

片瀨邊說邊看向桌子。桌上有峻搬回來的購物袋。袋中食材的份量有足夠的說服力為她的話作證。

看來已經無法再打聽到更多情報了。

花穎嘆了一口氣，無力地擺擺手。

「麻煩大家了，都回去工作吧。」

兩人明顯地鬆了一口氣，向花穎敬過禮後，真的馬上回歸工作。

「阿姨，垃圾車來之前，先把廚房的廚餘裝進袋子裡，我再和其他的一起拿去丟。」

「這樣啊，得救了呢。晚餐備好料後，我再幫忙你打掃。」

「這才是救了我一命。」

峻一邊忍著苦笑，一邊以右手拔掉筆蓋，在白板的購物清單上打勾。

花穎下意識地看著如鴝鳥般忙進忙出的峻和片瀨，突然間眼睛鎖定了焦點。

他的視線落在白板上，然後，腦袋停在某一點。

「花穎少爺？」

像是察覺到異樣，衣更月瞧了花穎一眼。

集中的意識已經抓住那個事實，不會讓它溜掉。

花穎抓著衣更月的西裝領口，硬逼著高挑的他走出廚房。

「花穎少爺。」

「過來。我知道小偷是誰了。」

衣更月瞪大眼睛。

花穎用拳頭抵住衣更月的胸口，像是要推開他般地鬆開了抓著西裝的手。

5

靠近執事寢室，位於傭人走廊的東邊有道廚房後門。

宅邸的主人與家人使用正面玄關，傭人則毫無例外地從後門進出。出了屋外，轉入北邊，屋子後有個以木格做的箱子，大小甚至能容納兩個成人，不過這不是用來裝人，而是清潔隊員來之前暫放垃圾的箱子。

烏丸家所在區域垃圾車來的時間是傍晚五點，在那之前的一個小時，可以將垃圾放到指定的垃圾場。

陽光傾斜，氣溫下降。正當這個時候，格子箱前立著一道人影。

人影打開了格子箱的蓋子，上半身幾乎要鑽進去似地過了一會兒，正在想那是在做什麼時，只見人影的雙手從箱子裡取出了垃圾袋。

「到此為止！」

「！」

看到從灌木叢後現身的花穎，人影全身害怕了起來。

「你果然就是小偷啊——雪倉峻。」

花穎喊出人影的名字。

峻茫然地愣在原地，無神的眼瞳映著花穎的身影，雙腳僵直，然而只有雙手時緊時鬆地透露著徬徨。

「垃圾袋有那麼重要嗎？」

「不是的，我沒有打算那樣做，連想都沒想過。」

突兀的辯解說到一半已經支離破碎得不成形了。

「解釋之後再說。可以打開垃圾袋嗎？」

「花穎少爺，拜託。母親她……」

「打開垃圾袋。」

花穎一瞇起眼睛盯著峻，峻不停打顫的雙手馬上變得僵硬，彷彿崩潰般和垃圾袋一起跪到地上。

峻解開垃圾袋的結。

依序取出分成幾個小包的袋子後，在袋子之間，唯一一個看不見內容物的紙袋，透著稜角的形狀。

打開封得皺巴巴的紙袋，峻雙手取出了一個烙著美麗花紋，十五公分的方形木盒。

「想要混在垃圾裡拿出去，考慮得真周到啊。」

聽到花穎隨意地吐出不重要的佩服，峻的身子縮了起來。

「衣更月。」

「是。」

衣更月拉近了距離，峻放棄似地交出木盒。

「……………」

衣更月的表情瞬間暗了下來。

「怎麼了？」

「花穎少爺，請看。」

衣更月將木盒呈給花穎。花穎一邊想著衣更月直接打開來給他看就好了，一邊接過木盒。打開盒扣，發現了那份不協調感的來源。

「裡面的東西在哪裡？」

木盒裡空空如也。

「對不起！」

峻以幾乎要跪坐的姿勢深深低下頭。

花穎瞪著他令人不耐的髮旋。

已經賣掉了嗎？不，附著盒子應該更值錢。

峻微弱的聲音，悶悶地夾在地面與他的身體之間。

「我幫阿姨去整理餐具的時候，看到那個木盒上的字是母親說過很喜歡的杯子名字。我很想看一看，卻手滑打破了。」

「你說……打破了？」

「是的。」

峻抬起發青的臉龐。

「我上網查了一下，發現一組竟然要十萬圓，害怕得不敢說出來。」

「為什麼破掉的杯子不一起處理呢？」

「因為不可燃垃圾是明天。」

峻的回答，令花穎啞然得說不出話來。

只要晚一步湮滅證據，被人發現的風險就會提高。光從這件事，便可以窺見峻一板一眼的一面。不過，若這是經過計算，判斷過失罪比竊盜罪刑責還輕的話，這個人就十分狡猾了。

「錯的是我。所以請不要拿掉母親的工作。對母親來說，在這裡工作就是她的生存價值。求求您。拜託。」

峻的雙眼泛起淚光。

「杯子在哪裡？」

「我裝進塑膠袋，放在糙米的米袋裡。那個！我有用毛巾包起來，塑膠袋也套了三層，所以碎片應該沒有混到米裡面。」

「看樣子，打破的事情是真的。但是，別忘了你還必須解釋另外一項嫌疑。」

「咦……」

「銀餐具在哪裡？」

「我不知道。」

峻過於斬釘截鐵的回答讓花穎覺得受到侮辱，他抓住峻的肩膀把他拉起來。

「銀餐具從抽屜的左邊少了一大塊。把自己的手想成挖土機，右手很難從左往右挖。也就是說，這是左撇子做的事。而你，剛才是用左手在白板上寫字吧？」

「我真的不知道。首先，我就算偷了什麼銀餐具，也不知道要怎麼換成現金。」

峻的雙眼因花穎的震懾而混亂、畏縮。若是有一絲心虛，應該會避開花穎的目光。

但是，峻雖然害怕卻直直看著花穎的眼睛。

花穎在極近的距離下盯著峻的眼睛好一會兒，深刻感受到事情不會再有進展，轉身背向他，將空木盒塞給衣更月。

「回家等候通知。之後會告訴你我的決定。」

「真的……很抱歉。」

峻一副世界末日來臨般的表情，好不容易擠出這句話，踩著不穩的步伐回去了。

6

如峻的供詞所述，杯子在食品儲藏室的米袋中找到了。

花穎把找到的杯子、塑膠袋、毛巾以及沾到的米一起放在茶室的桌上。

杯子的把手掉落，杯體裂成兩半，更細的碎片則用毛巾包了起來。

衣更月在碎杯子旁，並排著有著可愛櫻桃圖案的茶杯。花穎雖然對紅茶沒有研究，但這種溫和的深沉茶香應該是 Dimbula 紅茶。

為稍微有些遲的下午茶所準備的燻鮭魚三明治，令花穎想起了空空的肚子。不管是早上還是中午，都沒有機會好好吃飯。

儘管如此，結果卻是這樣。

「所以銀餐具是別人拿走的嗎？」

「您之前的推理是以茶杯盒為前提呢。」

不用衣更月說，花穎也知道推理的基礎已經崩毀。花穎硬是將還有些燙的紅茶一飲而盡。

「雪倉峻犯的，是器物過失毀損和藏匿證據罪嗎？如果要起訴的話，也就是損害賠償吧。」

「請恕我逾越，有器量的雇主當傭人弄壞物品時，絕對不會採取從薪水扣錢的這種行為。」

衣更月的建言觸碰到花穎被挑起的神經。

「我怎麼覺得你的說法帶有惡意？」

「失禮了。我相信心胸寬大的花穎少爺會做出聰明的判斷。」

比起剛才，花穎的神經又被挑得更高了。

衣更月的意見或許是花穎所應遵循的一般做法。但是，提出的時機不對。花穎現在的心情非常嚴重的不平衡。

連三明治裡放了酸豆這件事都可以讓花穎莫名地生氣，他用力地把吃到一半的三明治放回盤中。

花穎阻止衣更月為茶壺蓋上保溫套。

「你在偏袒小偷嗎？」

「不，沒有這回事。」

衣更月的回答聽在花穎耳裡顯得格外刻意。

「其實你知道偷銀餐具的小偷是誰，然後在包庇他吧？」

急速擴大的猜疑一瞬間吞沒了花穎。

「花穎少爺……」

「一般而言，小偷不會把贓物藏在現場，你一邊覺得要保全現場什麼的，卻沒有阻止我調查家裡，還對小偷的處分插嘴啊。」

有特定目標的思考，會將各種事情連結在一起。起初，花穎也知道自己是在找衣更月的麻煩，但越思考便越覺得自己想的絕不會有錯。

甚至，他還發現了一件極為合理的事。

衣更月的冰冷雙眸，令花穎下意識地倒抽一口氣。

「你沒有阻止我把家裡弄得一團亂。因為這樣更容易消除犯罪的痕跡。」

「…………」

衣更月不論話語或是表情都保持沉默，一動也不動。

彷彿紅茶的苦澀附在喉嚨上般，花穎的舌頭嚐到一絲苦味。

「我在看庭院的時候，你鼓吹我報警吧？在那之前，你明明說會有損家譽，不願意報警。那是因為已經完全消除痕跡了嗎？」

「您看起來很累的樣子。要不要稍微休息一下呢？」

衣更月單方面地結束談話，準備將盤子連同花穎剩下的三明治一起收走。

花穎抓住他的手腕。

「……請放開。」

衣更月的聲音低了半階。但是花穎沒有放手，手指灌盡了全力。

「你如果是清白的，現在就馬上把小偷帶過來。」

「我無法帶不知道是誰的對象過來。」

「你這樣還叫執事嗎？如果是鳳，一分鐘就能解決這種小事了。」

「！」

衣更月的表情變得可怕，遭握住的手腕冒起青筋。

這股動搖是再明顯不過的證據。

花穎不讓對方再找藉口，乘勝追擊道：

「我知道了，你包庇小偷的理由。傭人的雇用與統合是執事的工作。如果自己檢查過的人犯了罪，你的能力就會受到懷疑。沒想到你會為了自己的利益而欺騙主人……鳳唯一的失誤就是提拔你當執事。」

正中紅星，百口莫辯了吧？

正當花穎這麼想的瞬間。

衣更月手腕一轉，輕輕鬆鬆地揮開花穎的手。花穎感受到危險，瞬間起身，開始回想小時候鳳解說過的護身術。

「鳳、鳳、鳳的，吵死人了。」

花穎以為自己的心思被看破了。

他嚇了一跳，毫無防備地呆站在原地。

「鳳先生不當執事，最不甘心的人是本大爺！」

「『本大爺』？」

花穎更加吃驚，眼睛眨也不眨地看著衣更月。

衣更月鬆開領帶，以空著的右手煩躁地抓了抓頭髮。

「本大爺因為迷上鳳先生的手藝，是千拜託萬拜託纏著老爺才得到雇用。為了得到鳳先生的認同，不停地努力，好不容易才習慣男僕的工作，結果，繼承？」

衣更月眼神銳利地瞪著花穎。那不是順從的家僕會有的眼神，絕對不是。

他將嘴巴歪成嘖舌的形狀，嫌棄地把花穎剩下的三明治塞進餐台車的下層。

「本大爺不是為了照顧死小鬼才拚死拚活地一邊念書一邊工作。」

「死小鬼……？」

花穎不知所措，腦袋就像淋了一盆冷水，瞬間冷了下來。與消退的熱氣相反，血液則以驚人的氣勢奔流在腦袋的各個角落。

雖然表面上服侍著花穎，但衣更月打從心底瞧不起自己嗎？世上沒有比這還要侮辱人的事了。

思路以倍速回復運轉，湧上來的情緒和話語驅使著花穎行動。花穎離開拿來當盾牌的椅背後面，大步逼近衣更月。

「我才是！一直期待繼承父親之後，鳳當我執事的日子。你這傢伙，別說是期待了，我根本連存在都不知道，卻突然出現。裝成一副服侍人的樣子，卻瞧不起我嗎？」

「對於不值得獻出真心的主人，你要我怎麼想？連瞧不起都浪費力氣。我會好好完成薪水份內的工作。」

「騙子！你這種傢伙沒有資格自稱是執事！」

花穎竭盡全力地喊道。

剎那間的靜默讓室溫下降了一度。

衣更月的表情消失了。之前擴散在臉上的不滿凝聚到了雙眸之中，接近殺氣的憤怒挖開了深邃的黑洞。

花穎的臉龐失去了血色，脖子立起雞皮疙瘩，全身上下亮起危險訊號。

發現衣更月的右腕微微一動後，花穎反射性地將雙手舉到身前防衛。

空氣流動。寒意從膝蓋下方往上攀升。

不過，衣更月沒有對花穎動手，他一臉驚訝地轉頭看向風吹來的方向。

門打開了，門口出現一名男性的身影。

身著炭灰色西裝，配合領口寬度的領帶打得筆挺。整齊的白髮既不張揚也不好勝，沉穩的姿態彷彿已存在那裡多年般，給看見他的人說不出的安心感。

「鳳！」

見到花穎融化的表情，鳳以悠緩的步伐走近他身邊，報以柔和的笑容。

「花穎少爺，好久不見。您長大了呢。」

「對吧？有一百七十五公分囉。」

倒是鳳，微笑時眼角的紋路似乎更深了。

「您別來無恙吧？」

「我很好。對了，鳳！不好了，家裡遭小偷了。」

花穎拚命地傾訴，鳳聽完最後一句話，厚厚的眼皮只微微抬了一下。

「那個小偷偷走的物品，是銀製餐具對吧？」

「不愧是鳳！都已經知道了。」

只要是烏丸家的事，鳳沒有不知道的。花穎小時候對鳳懷抱的信任感鮮明地復甦了。當然，他沒有一刻放下對鳳的信任。

「花穎少爺，這邊請。衣更月。」

「是！」

呆住的衣更月，瞬間立定雙腳，挺直腰桿。

「你也過來。」

鳳打開門，讓花穎先行通過後，馬上隨侍在他的斜後方，以溫暖的手掌指示走廊的盡頭。

鳳進入傭人走廊時，向花穎行了個注目禮，似乎對於不得不帶主人前往後勤區的狀況感到丟臉，表示歉意。他將門扇交給衣更月，繼續朝走廊深處前進，在某間房前停下了皮鞋的腳步。

是食器室。

「花穎少爺，請確認。」

「咦？」

花穎雖然想問要確認什麼，但是鳳不給提問餘地般，以理所當然的表情微笑著。花穎進入房內，略帶猶疑後，別無選擇地打開了銀製餐具的抽屜。

「怎麼會？」

花穎懷疑自己的眼睛。

銀製餐具一個也沒少。從全部餐具彼此分毫不差的質地觸感，可以知道並不是有人買新餐具補上。

「鳳，你施了什麼魔法？」

花穎一轉身，鳳便綻放微笑請花穎到房外。他再次循著來路，帶大家回到茶室。

自從鳳回來之後，家裡簡直變成另一棟不同的房子。

不但房間溫暖，剛烤好的餅乾飄散著香氣，引誘著人的食慾。

花穎在鳳的催促下坐好後，這次是衣更月接到鳳無言的指示，不知道什麼時候在新準備的茶壺裡，放了 Nuwara Eliya 的茶葉。

「花穎少爺，我是這麼想的，這次的小偷就像海市蜃樓一樣，是只有齊備某些條件才會出現的存在。」

「什麼啊，這種像是戀愛中的唬弄說辭。銀餐具實際上真的不見了喔……雖然已經回來就是了。」

茶壺裡注入了熱水，純白的蒸汽蒸騰。溫度很高，是滾水。

花穎無法釋懷心中的疑惑，要求鳳解釋。

「你已經掌握昨天在這個家中發生什麼事了嗎？那個像海市蜃樓一樣的小偷在哪裡？」

「是的，請讓我從事情的開端說起。昨天實在是集合了種種的不巧。首先第一個不巧是真一郎老爺從上週就搬到別的居所這件事。第二個不巧是廚師雪倉葉繪因為腰痛正在休養。最後，是事情發現得太早了。」

「？」

衣更月注意沙漏的臉抬了起來，皺起右邊的眉毛。

「我不是在責怪你。身為傭人，你的行為是正確的。給花穎少爺一杯溫茶。」

「……是。」

接受鳳的安撫後，衣更月將托盤上的茶杯送到花穎面前。鳳悄悄地確認茶杯與沙漏，繼續說道：

「在得知真一郎老爺要離開這個家後，雪倉為了不要浪費食材，重新修改了菜單，更在採買補貨上有所節制。雖然配合花穎少爺歸國，她已經安排好補齊食材的順序，卻在執行前閃到腰，無法做出萬全的準備。」

「這麼一說，剛才廚房裡有堆積如山的食材呢。雪倉峻還去補貨……他說買了冰糖、煉乳和料理酒嗎？」

在連基本調味料都用完的狀態下，無法隨心所欲行動的雪倉葉繪應該很著急吧。

「沒錯。花穎少爺從小觀察力就很優秀。」

「怎……怎麼這麼突然……」

因為好久沒有聽到鳳的稱讚，花穎因開心與難為情而紅了臉。由於鳳看起來很開心地微笑著，他也無法強硬地回絕。

「誠如您所說，昨晚，廚房的料理酒用完了。不過，這個家中存有足夠份量的酒。」

「酒窖。」

衣更月不自覺發出低語的瞬間，沙漏落下了最後一粒沙。衣更月回神拿起茶壺為花穎的杯子斟滿紅茶。

美麗的茶色映著天花板的燈光，不規則地搖曳著。

「料理酒沒了，有酒窖。鳳，這就是海市蜃樓的真相嗎？」

「是的，正確來說，是這些製造了海市蜃樓。」

面對花穎的問題，鳳永遠都會仔細地回答。

「那個人為了尋找料理酒的替代品，進入了酒窖。從年輕的紅酒到極熟成的紅酒，酒窖裡有各式各樣的酒款。對於對酒類有興趣的人而言，那應該是一處非常有魅力的空間吧。」

「料理酒的替代品，所以那個人是——」

鳳頷首說道：

「片瀨優香。」

花穎終於找到正確解答，不知不覺間站起的身體又重重坐回椅子上。

「昨晚，片瀨在幫衣更月準備晚餐時，『試嚐』了代替料理酒的紅酒味道。看樣子，是稍微喝多了，她將餐點拿給衣更月後，又止不住地品嚐，最後因酒精而陷入意識不清的狀態。」

「烘碗機裡的紅酒杯，是片瀨用的嗎？」

「沒錯。不難想像因為酒精而失去記憶的她，隔天早上發現放入包包裡的銀製餐具時，衝擊有多大。」

如果她右手拿著紅酒杯，左手抓銀製餐具的話，也可以說明為什麼餐具是從抽屜的左排消失。

花穎以為是衣更月在晚餐時喝紅酒，沒有詢問本人就擅自認定，把他當壞人懷疑。

因為罪惡感，花穎無法看向衣更月的方向，避開他的正面。

隨從們極力讚揚穿新衣的國王，人們則是瞧不起地嘲笑國王。這是國王愚昧的緣故。選擇光著身體的，是國王自己。

不值得獻出真心的主人。
鳳也是這樣看花穎的嗎？所以才不想當花穎的執事嗎？
視線前方的壁爐上，裝飾著家人的照片。文靜的父親與俐落的母親。年幼的花穎在鳳的身邊笑著。
「花穎少爺。」
聽到鳳的呼喊，花穎有如碰到靜電般地縮起身子。
「什麼事……？」
看著戰戰兢兢回應的花穎，鳳一如往常地以平穩的表情與聲音回答：
「傭人私吞物品自古以來就是備受重視的問題。每一個雇主都有可能遇到這種事，但處理方式卻是天差地別。」
花穎抬頭看著鳳真誠的眼神，視線的角落映著衣更月的身影。
花穎喝了一口他泡的紅茶。
溫暖的紅茶流過喉嚨，溫暖了心臟周圍，抒解了扎在心上的微小刺痛。
花穎應該可以辦到吧。
成為一個鳳願意打從心底服侍的人。

將杯子放回托盤，杯子輕輕響起了鈴鐺般的清澈音色。

「我們無法替海市蜃樓銬上手銬。送給雪倉葉繪一組茶杯，片瀨優香一瓶紅酒。在母親康復以前，讓雪倉峻好好做代班的工作。」

「是，謹遵您的意思。」

鳳行了個禮，眼角刻著微笑的皺紋，花穎因而安心地偷偷鬆了一口氣。

衣更月為空杯再次注入紅茶。

「可是，鳳為什麼知道片瀨喝了紅酒？你問她了嗎？」

「不。片瀨還不知道此事已經曝光了。就算默許，主人還是應該向對方顯示自己已經掌握了真相，因此，我認為送片瀨紅酒是最好的回應。」

鳳的誇獎不管幾次都令人開心。不過，先把高興放在一旁。

「不是問過本人，那你完全是憑猜測嗎？不，我不是在懷疑你。」

「謝謝您的信任。其實，有某人喝了紅酒的事實，很簡單就能夠確認出來。」

鳳以清脆的聲音揭開謎底。

「執事這個詞的語源來自古法文的 bouteillier，意思是酒的負責人。所謂的執事，每天都要記錄家中的酒品存量。」

「每天？」

花穎的驚呼與衣更月脫口而出的聲音重疊。

鳳從餐台車的下層拿出老舊的筆記本。

花穎打開筆記本。

本子裡以橫軸記錄烏丸家全部酒藏的增減。最新的一頁似乎是在鳳這個月離開家的前幾天一度停止，對照寫著今天日期列的縱軸，有幾瓶紅酒微微地減少了。

「在醉茫茫的狀態下很難騎腳踏車吧？因此，不是雪倉峻。而我敢保證，衣更月不是會逾越執事本分的人。」

感覺得出來衣更月因鳳的話語而停止了呼吸。

他咬緊牙關，一副靜不下心來的樣子眼神四處游移，在最後的最後，視線落在花穎身上。

「花穎少爺，請允許我發言。」

「嗯？你說吧。」

得到花穎的許可後，衣更月行了個注目禮轉向鳳的方向。

「這間房間……不，整理整個家裡的，也是鳳先生嗎？」

「整理？啊！」

花穎事到如今才發覺。

在找茶杯木盒時翻遍的家人照片，現在整齊排列著。不管是椅子、桌子、桌巾，還是沙發、櫥櫃，全部跟原本相同。

他還以為是因為鳳回來，家裡看起來就像不同的房子。花穎感受到的不對勁，就是所有物品都回復原來的樣子了。因為鳳把弄亂的家裡整理得煥然一新。

「讓主人舒適地生活是執事的任務喔，衣更月。」

鳳的聲音裡，隱含了指導者的嚴格。

「是。」

衣更月的耳朵和眼眶紅了起來，以交織著愧疚、羞恥與自我警惕的表情低下頭。

花穎也沒資格說別人。

花穎感同身受地看著衣更月，剛好與對方回頭的視線重疊。錯過瞬間撇開視線的機會，面對直直凝視自己雙眼的花穎，衣更月深深地低下頭。

「花穎少爺，我剛才太過失言了。都是因為我不好才會發生這樣的事，真的非常抱歉。」

「不，我也說過頭了。對不起。」

就像吵完架的小孩子一樣無事可做。看著花穎和衣更月相互避開眼神的樣子，鳳以無邪的笑容清晰地說道：

「兩位真是能夠共同成長的理想主僕關係呢。」

花穎偷瞄了衣更月一眼，對方也偷偷看著花穎。

看樣子，暫時無法得到鳳了。

在雙方無聲重疊的嘆息中，只有鳳一人開心地笑著。

※　※　※

以電話聯繫上父親，是花穎當上烏丸家主人第一天深夜的事了。

『你聽起來很有精神呢，花穎。』

這麼說著的真一郎聲音才很有精神。託此之福，花穎也能毫不留情地抱怨：

「爸爸，你現在在哪裡？我累慘了！擅自作主突然決定引退什麼的，請你考慮一下我回到家卻面對一堆陌生人的心情好嗎？一開始讓鳳留下來的話，事情就不會鬧那麼大了。」

聽完花穎的抱怨，真一郎的呼吸透過電話微笑。

『花穎，鳳是我的執事。』

「……！」

花穎受不了地把手機摔在枕頭上。

第2話　黑羊與白羊和彩色鬼

1

花穎有一個從小就很不擅長玩的遊戲。

就算鳳說要陪他玩，花穎也不想玩。因為一定會輸。

比賽就是要有輸有贏，實力相當的追逐戰才有趣。

從這點來看，花穎的工作與有趣的距離十分遙遠。

「花穎少爺，差不多該準備了。」

聽到衣更月出聲呼喚，花穎關掉上下顯示折線圖的電腦畫面。

「唔嗯……睡著了。」

「聽說，昨天家具品牌設計師宣布獨立了呢。」

「因為這樣，相關市場亂成一團。說什麼他簽的是永久專屬合約，盲從網路謠言的傢伙，損失可大了。」

花穎的主要工作是股票。話雖如此，也指的是花穎與烏丸家收支相關的行為，嚴格說來稱為工作或許有語病。

在資產本體龐大的情形下，股票的增減當不了零用錢也無傷大雅。

此外，即使是採累進稅率的日本，也主要是對納稅人的所得——也就是只針對勞動所支付的報酬課稅。相對而言，對股票所課的稅比例較低。

對花穎來說，股票交易是用來研究開發一些看似有趣的領域，並贊助從事他關心的社會活動的團體。那些人透過花穎些許的贊助進行研究，永續發展未來的才能，甚至是提早測試新產品。不管怎麼說都是件好事。

「只要有身為總管的鳳幫忙管理財產，我就算做了什麼蠢事，烏丸家財產的小數點連零點一也不會減少吧。」

「花穎少爺，領帶。」

花穎套上西裝褲，手臂穿過襯衫的袖子，邊扣釦子邊轉過身後，皺起了眉頭。

今天的西裝是義大利名牌打造，全世界獨一無二的設計款。雖然剪裁簡單得稍嫌無趣，但是沿著身軀的線條十分優美，就算上半身與腰轉向相反的方向也不妨礙行動。顏色既不會太過明亮也不會過於深沉，是宛如雨水淋濕的玄武岩般優雅的灰色。

但是，當鏡中的花穎和掛在衣架上的外套以及衣更月手中的領帶擺在一起時，便聽到完美協調瓦解的聲音。

「綠色不對。」

在聽到花穎斷定的幾秒後，衣更月才一副終於理解的樣子看了看手邊。

「這是跟西裝相同的設計師所設計的最新款領帶，您不喜歡嗎？」

「不要以為設計師是同一個人就什麼都配喔。要我搭直昇機去把蒙娜麗莎畫回來給你看嗎？」

「我可以為您安排外表相似的模特兒。」

「……這是比喻。」

衣更月常常會做出不知變通，像機器人一樣的反應。

他至少知道李奧納多．達文西的繪畫和跨時代技術吧？到底是不懂得開玩笑還是雖然知道是玩笑卻決定不要有反應呢？衣更月是個難以判斷的男人。

自從花穎見到衣更月的第一天，兩人幼稚地互相怪罪之後，衣更月幾乎沒有什麼表情變化。在那之後，也再沒看見鳳的身影，似乎是伴隨父親去旅行了。

「要準備哪種顏色的領帶呢？」

衣更月將綠色領帶捲成筒狀。當看到那條領帶的前端與衣更月身上的領帶並排時，花穎想通了。

看樣子不管是那條不搭的綠色領帶，還是衣更月自己西裝與領帶的搭配，他在時尚方面不太擅長。

（原來如此。）

由於花穎平常在家事上贏不了衣更月，因此現在莫名地有點開心。

從日常用品的擺放位置、家裡門的特性、與傭人和出入家中業者的親密度到親近庭院麻雀的方法，花穎都不如衣更月。

這世上有幾個主人不知道自家浴缸調節溫度的控制面板在哪裡？圍著一條毛巾在浴室走來走去時，又因為浴缸開始加熱而驚慌，用緊急通話鈕呼叫執事的呢？光是回想就讓花穎想把衣更月推到落葉堆裡面埋起來。

花穎的食指劃過擺在桌上的抽屜。抽屜以隔板分成格子狀，領帶從紅色漸漸改變色彩轉向紫色，按照順序收納。

花穎的指尖停下了兩次，拿出接近春日天空的水色領帶以及有著櫻花色花紋的領帶，最後留下水色領帶擺在脖子前。

「怎麼樣！」

「非常適合。」

「真沒勁啊。」

衣更月簡明地回答，將不用的抽屜疊在一起撤掉。

「花穎少爺，快沒有整理頭髮的時間了。」

「對喔！」

花穎看了看手錶，匆忙地坐到鏡檯前的椅子上。

由於這不是女性或演員化妝專用的鏡台，因此抽屜不多，是比起功能更注重設計的日用家具。然而，現在桌上卻準備了吹風機、電棒、扁梳、圓梳、美髮剪刀、造型品到香水、蒸汽乳霜，舉凡所有造型會用到的道具。

花穎透過鏡子看著站在身後的衣更月。

「衣更月，你會弄頭髮吧？」

「請交給我。一直以來，我每天都用心鑽研鳳先生的頭髮。」

「鳳？」

花穎的心頭略過一絲不安。即將迎接還曆之年的鳳與甚至還沒成年的花穎之間，情況應該略微不同吧？

「衣更月，稍微整理一下就好了喔？我的髮質屬於比較難復原的那種。」

「我會妥善處理的。」

眼神不要發亮，太恐怖了。

這是花穎遭遇足以匹敵浴缸事件惶恐不安的一刻。

叩叩……叩……

「不好意思，花穎少爺。」

屋外響起了宛如煙霧消失前的飄渺聲音。是最近聽慣的一道聲音。

「雪倉嗎？沒關係，進來。」

配合花穎的話語，衣更月打開了房門。門外站著雪倉葉繪。

黑色連身裙上圍著條白色圍裙，身上沒有一件工作上不需要的飾品。儘管時節已至春天，但黑色絲襪讓人看不到一絲膚色，黑皮鞋、白手套、白口罩包覆著肌膚。

蓬鬆的黑色長髮帶點捲度，於脖子後方綁成一束，瀏海則以黑色髮夾固定。

雖然花穎聽人說過露出額頭會看起來更有精神，但是在雪倉身上似乎造成了反效果。臉色蒼白，眉毛稀疏。雪倉垂下帶著陰影的眼神，不太有血色的嘴唇開闔道：

「百忙之中打擾您了，身為傭人卻做出呼喚主人此等魯莽的行為，真的十分抱歉。」

深吸一口氣後吐出的話語，比雪倉外表給人的印象還要井井有條。

「怎麼了？妳是來幫忙整理儀容的嗎？」

「關於這部分，我帶助手過來了。」

「誰？」

花穎傾首表示疑問，門口的死角便衝進一道人影。

「您好嗎？小的來了！」

「雪倉峻。」

葉繪的兒子。

黑色長袖針織衫外套著一件短袖襯衫，棉質長褲的腰部垂了一只皮製腰包。橘色的帆布鞋似乎經過一番仔細清洗，邊緣及腳尖的顏色已經變淺了。

一點也看不出來他與宛如幽靈畫的葉繪是母子。雪倉峻身上的輕快氣氛令室內燈光彷彿也都亮了起來。

「今天是家長工作參觀日嗎？」

雖然花穎不是為了逗大家笑才開玩笑的，但不只衣更月毫無反應，連雪倉母子聽到這句話後都臉色發白，以幾乎要頂到膝蓋的程度低下頭。

「先前給您添了麻煩，真的非常抱歉。」

「我們母子倆承蒙老爺天大的恩情，感激之情實在溢於言表。今天辜負那份心意，以這種形式再次一同前來，真的非常抱歉。」

仔細一看，峻的膝蓋顫抖得喀噠喀噠直響，葉繪將手放在他的背上。

因為峻弄壞了家中的用品，還試圖隱匿不報。雖然完全沒有做錯事的自覺會令人困擾，但已經反省過的人一直停留在過去就更傷腦筋了。

花穎旋轉椅子，把身體朝向雪倉母子，單手支頷說道：

「別擔心，我現在還不想吃雪倉以外的人做的 Kouign Amann。」

「老爺……！」

葉繪抬起臉，目眶濕潤。峻一邊扶著看起來快要因貧血而昏倒的葉繪，一邊噙著淚光，笑成一團。

「母親非常喜愛老爺致贈的茶杯，將它放在雪倉家的神壇上每天早上參拜。」

「嗯……拿來泡茶也沒關係喔。」

花穎只能回以無力的笑容。

峻與葉繪開心了一陣後，突然繃起嚴肅的表情，宛如下定必死的決心般握緊拳頭出聲道：

「如果您不嫌棄的話……」

以顫抖的聲音提出了一個建議。

「喔喔！峻，幹得好！」

鏡子裡有一位優雅的年輕紳士。是誰呢？正是花穎。

灰色的西裝搭配水色領帶，手腕的袖釦是銀色的，方塊中間伴著一顆和領帶極為相襯的同色星星。皮鞋是擦得發亮的黑色，腳尖部分不過分細長是花穎的偏好。

總是不太上心的頭髮，如今順到耳後，只露出右邊的額頭，垂落左側的瀏海與後面的頭髮，則以造型用具與電棒描繪出和緩的彎度。

看到花穎開心得前後左右從鏡子觀看自己身影的模樣，峻捲起電棒的電線，露出了害羞的笑容。

「謝謝您。若是能稍微報答一點您的恩情就太好了。」

「我非常滿意。」

也好想讓鳳看一看。拍張照片吧。

當花穎準備拿起智慧型手機時，注意到了衣更月的視線。

花穎現在的執事，是衣更月。

令人想要獻出真心的主人。

成為讓衣更月有這種想法的主人，是花穎目前的一個指標。若是達不到，鳳侍奉自己的那一天將永遠不會來臨。

看不出表情的衣更月與正在思考的花穎形成了互瞪的局面，令雪倉母子有些狼狽。

花穎從抽屜拿起衣更月喜歡的綠色領帶，朝衣更月的方向伸出手。

捲成筒狀的領帶前端落了下來。因為做出不習慣的事而感到害羞，花穎無法直視衣更月。

「衣更月，打這條領帶吧。如果是我的執事，就做出相符的裝扮。」

快點拿。

當花穎忍著手臂不要發抖時，手中領帶的重量變輕了。

「謝謝您。」

「嗯。」

收下了。花穎鬆了一口氣，把智慧型手機交給峻，請他拍照。

「沒有哪裡怪怪的吧？」

「是的，很帥氣！」

雪倉母子異口同聲地回答，按下了快門。

花穎快速地將照片傳給鳳，把手機收進了內袋。

「好，出發。」

房門大大打開，花穎步出走廊，身後隨侍著衣更月。

「我的社交界初次登場。」

花穎盯著灑下春日陽光的走廊，丹田蓄滿了力氣。

2

海浪聲。好幾波海浪自水平線相連，打上沙灘彈了起來。新的海浪吞沒了後退的浪潮，翻成浪花。

雖然可以踩著長長的階梯登上緊鄰沙灘的懸崖，但多數的訪客都是從崖下繞著沙灘，使用傾斜而上的車道。

當然，不是徒步，而是開車。

司機駒地說，夏天時這裡的路肩因此密密麻麻地排滿了車子，堵住了車線，因此車道前年拓寬了兩倍。

為了路邊停車而拓寬沒有便利商店、沒有自動販賣機又遠離人煙的道路，一般來說是很沒有常識的行為吧。更何況，道路的盡頭只有一棟建築物。

然而，這是被允許的。

因為不論沙灘也好懸崖也罷，還有通往懸崖的道路，全都位於私有地的範圍內。

「看到了。」

駕駛座上的駒地指著前方。

花穎將正在看的資料放在座位上，眺望著出現在懸崖上的白色建築——

芽雛川家的別墅。

那是一棟與花穎所住的烏丸家形成對比的近代建築。據說，芽雛川家買下了某個前衛藝術家所描繪的「理想中的住處」，請建築師重新畫出設計圖後，在真實世界重現了房子。

屋子的外觀像個從旁插進白色長板的玻璃盒，白板應該是各層樓的天花板與地板。雖然從懸崖望出去的視野應該很好，但由於白板的長度以及兩側位置上下不對稱的緣故，令房子看起來宛如切片途中停下來的樣子。

「這棟建築還真像人體切割魔術。」

「……我比較喜歡烏丸家的房子。」

衣更月十分難得地發表個人意見。但是花穎也有同感。

車子駛進建築物前的圓環，以讓人無法分辨何時踩了煞車的流暢感，停在屋子正前方。

衣更月率先從副駕駛座下車，打開車子後方的車門。花穎穿過衣更月壓著車頂上緣的手，踏上未知的土地。

社交場合說來簡單，卻存在著各式各樣的形式。

從擁有悠久傳統的高級宴會到季節活動、慈善派對、生日會，以及雖然不是宴會的形式，但在特定的演奏會或舞台上也會遇到社交圈的人們。

若是從小就與父親同行參加的話，或許會自然而然地習慣這樣的場合，但真一郎不是個喜歡出入公開場合的人，也不希望因為自己的緣故帶給家人負擔。

在真一郎主辦或是身為主賓的宴會上，花穎會與母親一起出席，從為數稀少的機會中，習得公開場合的應對與規矩。這就是花穎少得可憐的社交經驗。

而今天，是烏丸花穎首次以個人名義出現在大家面前。

「不好意思。」

站在入口的兩名男性看到花穎與衣更月後，出聲喚道。

花穎出示邀請函後，高個子的男子操作著儀器。另一方面，體格魁梧的男子則從衣更月的西裝上方，劃過一個類似黑色警棒的物體。應該是金屬探測器。

「非常抱歉，烏丸先生也必須接受檢查。這是規定。」

「沒關係，檢查吧。」

為了這種事找碴也沒意義。花穎接受金屬探測器的身體檢查後，終於將還回來的邀請函收進懷裡。

信封上的寄件人是芽雛川肇大。

在為數眾多的邀請函中，花穎會選擇這場宴會，是因為肇大是以船舶用品為中心開展全球事業的芽雛川家次男。

不限於古老家族，宴會本身也沒有什麼了不起的大頭銜，最重要的是，沒有邀請大人。

是只有企業家小孩的集會。

恰恰適合回歸社交界。

「久等了，這邊請。」

「辛苦了。」

守門的男性讓開路，花穎帶著衣更月穿過入口。

會場的空氣改變了。

屋裡最先與花穎四目相交的，是聚集在階梯舞池裡五人的其中一人。

聽他耳語的同行四人和階梯上的幾個人幾乎同時發現了花穎，會場如同下起雨的池面般起了漣漪，但絕不吵雜，場中流瀉的音樂反而聽得更加清楚了。

花穎悄悄地轉動眼珠子，打探著屋內的情形。

穿過入口，一樓是寬敞的大廳，視線三面皆為玻璃帷幕，彷彿沒有牆壁般將外頭的大海一覽無遺，天花板則挑高至三樓。

靠海側擺著五張方形茶几，各自圍著三張單人沙發。地面向下一階打造的長凳上沒有坐人，由於有三枝譜架與樂器用的麥克風，因此可以推測等會兒會有現場演奏。平常應該是坐在那裡觀看的大型壁掛式電視，正播放著海豚悠游於藍色大海的水中影像。

唯一一道不是玻璃的石牆內部，似乎通往廚房。幾張大桌子將位於電視稍前方的門口圍成一個ㄈ字型，鮮豔的料理為宴會增色不少。

飲料區另有他處。宴會料理旁設有吧檯，主人家自豪的收藏填滿了櫃子。吧檯裡搖著搖杯的應該是專業酒保，動作熟練迅速，微笑回應數道客人點單，一杯接一杯地提供宛如寶石般的雞尾酒。

二樓的陽台座位區也分別坐著幾群人，看樣子正在用數位相機拍照，不上不下的半蹲姿勢顯得有些滑稽。和猜想的一樣，這似乎不是硬邦邦的宴會。

從大約二十五坪的大小與視野寬敞程度來看，這裡應該聚集了三、四十人吧。若是有花穎看不到的地方，人數便會在這之上，要是每人又帶著傭人來，人數就會是數倍。

「要幫您拿杯飲料嗎？」

「不用，我好像已經醉了。」

他不習慣人多的地方。

聽到花穎的回答，衣更月像是不知道該怎麼回話似地失去了聲音。

「開玩笑的。這裡有隨從的房間吧？你去加入他們吧。」

「……失禮了。」

衣更月朝花穎行禮，詢問收拾餐盤的工作人員後，被引進廚房的內側。

花穎的周圍纏繞著窺探的視線。

後方傳來的談笑聲在疑問之後轉變為驚訝，最後加上沉默。

「如果有興趣的話就自己過來搭話」，這種想法是花穎驕傲的認生個性。

花穎邊吐氣邊閉上了雙眼。

『不知道該怎麼辦的時候就閉上眼，深呼吸。在那裡的花穎少爺與平常跟我們在一起的花穎少爺是同一個花穎少爺。』

印象中，鳳的話對幼小的花穎來說太過艱澀，因此他又反問了好幾次。鳳重複了好幾次，有時也會換個說法講給花穎聽。

『不管身在何處，花穎少爺就是花穎少爺。不需要擺架子，也不用委屈自己。不管是人、物品或是空間，只要全納入花穎少爺的陣地就可以了。』

『陣地？』

『這個嘛，如果花穎少爺連我站在旁邊的這個周圍都留意的話，鳳也能安心待在您身邊了。』

以身體為中心畫圓，再擴大圓圈，將意識延伸到身旁鳳站立的位置。

心跳聲漸漸變得規律。

花穎慢慢睜開雙眼。

『來，您看到了什麼呢？』

花穎刻意將女性鮮豔的洋裝與沒有穿西裝的男性排除在視線之外。

身上聚集著人們探詢的視線，花穎走向樓梯。

他向聚在舞池的五人點頭示意，穿過他們登上二樓。二樓打通的空間四邊，設有十組沙發與桌子。所有的位子都坐滿了人，能看見海景的南側似乎很受歡迎。

花穎走向賓客眾多的南側，靠近一張桌子旁。

桌旁圍了三張沙發。右邊淺坐著一位身穿一整面鑲著亮片短洋裝的女性。中間的男子悠哉地靠著椅背，左側的男子則是將上半身倚在扶手上，一臉驚訝地抬頭看向花穎。

花穎輕輕一笑，以比平常略微清澈的嗓音說道：

「初次見面，我是烏丸花穎。謝謝你今天的邀請。」

「啊……」

左側的男子從沙發起身。感覺得出來，從二樓到一樓，如風馳般出現了類似的反應。知道花穎的來歷後，人們像是要記住花穎的長相般看了他一眼，便回到各自原來的對話裡。

「我是芽雛川肇大。歡迎歡迎。烏丸家的新當家大駕光臨，是我的榮幸。」

猜對了。花穎在內心鬆了一口氣。

比花穎矮幾公分的中等身材，宛若南國珊瑚礁的淺桃色領帶有著良好的品味。雖然把捲髮拉直了，但獨特的輪廓和內雙的眼睛跟照片裡一模一樣。

因為是主辦人所以應該穿著西裝，花穎雖然以此為目標來搜尋，但還好對方的外型跟檔案資料完成時相比沒有顯著的變化。先跟主人打招呼就不會錯。

「我沒什麼機會參加這樣的宴會，沒有失禮就好。」

不擺架子，也不委屈自己。不去討好別人而改變自己，也不強迫別人改變。只是與對方共享這個時刻、這個地點。保持自己陣地的範圍，與對方重合。

「肇大。」

「啊。」

坐在中間沙發的男子出聲後，肇大側身退開半個人的空間。

「這位是赤目刻彌。是準備在法國開分店的法式甜點——」

「你好，花穎。」

赤目伸出的手指十分修長，令花穎一瞬間幾乎忘了笑容。

不只手指。男子不管是身高、雙腳還是單眼皮都很頎長，一舉一動柔和得彷彿揮筆畫出來似的。不過，一握住花穎的手，骨感的手便確實有力地予以回握。

「你好，赤目先生。AKAME 的草莓蛋糕在學校也被大家評為夢幻蛋糕。」

「叫我刻彌就好。」

赤目爽朗地微笑。

他身旁身著亮片洋裝的女性站起身。

「這是我的女伴，莉紗。我去視察分店時認識的，是模特兒。」

「請多多指教。」

行禮時從耳朵垂落的奢華耳環前後擺盪，宛如一盞水晶吊燈。莉紗以洋娃娃的大眼睛看著花穎。不愧是模特兒，手沒有伸過來。

「你有朋友來嗎？要不要幫你介紹一下？」

赤目繞過桌子，把手放在二樓護欄上，看向一樓。

花穎露出苦笑。

「不，其實我不太習慣這樣的場合，只要看大家開心地聊天就夠了。」

「今天不是生日會還是有什麼目的的宴會，所以就適度放鬆，有什麼問題都可以跟我說喔。」

肇大以拳頭抵胸得意地說道。

「謝謝，那我先失陪了。」

花穎向三人致意後，往二樓石牆側較少賓客的沙發方向移動。

自那之後，花穎周圍的人群源源不絕。大家都覺得難得可以看到烏丸家的新主人，其中應該也有些人是想先套好關係吧。

弦樂三重奏開始了，花穎趁著大家轉移注意力，中途離席時，手中的名片已經多到可以湊成一副撲克牌的地步。

「好累……」

沒想到和人說話是這麼消耗體力的一件事。花穎在單間廁所的馬桶蓋上抱著膝蓋，吐出了長長的嘆息。說是消耗，感覺更像是精力被吸走一樣。

今日花穎在這裡的一舉一動，都會透過他們傳達給將來自己要往來的父母親輩吧。如果是好印象的話便佔有優勢，若是壞印象的話，則將會成為顛覆彼此關係的漏洞。

「我想回家了。」

與理性的思考相反，花穎的情感坦率地說出了喪氣話。

（不過，那個叫赤目的傢伙……）

赤目家和烏丸家一樣是歷史悠久的名門。雖然他不是還在念大學就繼承家業，卻受命管理點心事業，聽說他的事蹟連世界知名的企業家們也讚不絕口。

帶領數家店面獲得成功，在世界各地飛來飛去，還和在法國認識的模特兒一起回來日本。

（真厲害啊。）

不像花穎的工作，做不做都沒差，是連零用錢都賺不了的兒戲。

花穎把頭埋在膝蓋和身體之間發呆，企圖恢復精神。就在維持這個狀態還不到五分鐘時——

「——」

花穎好像聽到了什麼聲音。是尖銳的慘叫。

花穎跳下馬桶蓋，走出單間廁所環顧四周。

男生洗手間裡空無一人。花穎試著再次豎起耳朵傾聽，卻什麼也沒聽到。花穎洗過手，從洗手間門縫探出腦袋探查外頭的樣子後，走出了洗手間。

面向洗手間的走廊不是玻璃帷幕，而是隔著一面牆做出屋子的內側。同樣並列在這裡的，是隔壁的女生洗手間。其他連緊急逃生口都看不到。

花穎猶豫著。

或許尖叫聲是從女生洗手間傳來的，也或許是他把屋外玩耍的小孩嬉鬧聲聽成了尖叫聲。如果要進去女生洗手間，應該叫其他人過來。

然而，要是事態緊急，分秒必爭的話……

「不好意思！我是男生，要進去了喔！」

花穎下定決心，衝進女生洗手間。

不同於花穎以為女性洗手間一整面牆壁都是粉紅色花紋的想像，這裡的牆壁是象牙色，門扇和洗手檯選用深棕色的木紋，裝潢風格沉穩。

沒有人影，三道單間廁所的門扇都是打開的。

看樣子不是這裡。

花穎覺得越來越丟臉，準備返回走廊。

但，就在他轉身到一半時，看到一雙金色的尖頭高跟鞋掉落在最深處的門邊。走近幾步一看，門的內側有一雙彎曲的腳。

花穎以試探的腳步站在單間廁所前。

驚訝得說不出話來。

「莉紗小姐……？」

倒在門內的，是與赤目同行的模特兒莉紗。

「莉紗小姐。」

呼喚也沒有反應。看來她失去了意識。莉紗原本綁起來的頭髮散了開來，臉上流著鮮血，落在臉上的髮絲微微晃動，因此可以確定她仍有呼吸。

花穎蹲坐在地板上，伸出手臂打算把莉紗扶起來。就在這個時候——

「剛才的尖叫是怎麼回事！」

肇大帶頭與數名男子衝了進來。連那位負責保全、體格魁梧的男子也來到了門口。如果是他，應該就可以把莉紗帶出洗手間吧。

花穎放心地起身。

然而，肇大等人僵著臉，以悲愴的表情來回打量花穎與莉紗。

「花穎……沒想到你會做出這種事。」

「咦？」

當花穎發現自己成了嫌疑犯時，莉紗已被帶了出去，自己則遭魁梧男子與高挑男子固定了雙臂。

3

無動於衷的表情裡，俯瞰花穎的眼神透露著訝異。

「花穎少爺……太令人讚歎了。這是烏丸家有史以來前所未見的『奇聞』。」

被衣更月這麼一說，沙發上的花穎動了一下身軀。

「你一路看著烏丸家發跡的嗎？還真長壽啊。」

「雖然我是個年僅二十二歲的小輩，但若您想了解烏丸家相關歷史，我可以背誦給您聽。」

「我對過去沒興趣，重要的是未來。」

回完話的下一秒，花穎的氣勢便被自我厭惡壓得少了一半。

花穎現在正在毀滅他話中的那個未來。

他被安置在二樓的一處沙發上坐著。樓梯下方站著兩名保全。其餘客人全部都在一樓，抬頭看往花穎的方向後又撇開眼神，聚在一起竊竊私語。聽說莉紗現在正在別的房間接受治療。賓客中看得到赤目的身影，因此莉紗應該沒有太大的問題。

或許是因為獲得活躍的機會而高興的緣故，四處忙著安撫大家的肇大，表情看起來十分有精神，讓人聯想到小豬的淺桃色領帶再次刺激著花穎的神經。

「你沒有用啊。」

聽到花穎的話，衣更月思考了一拍後回問：

「很抱歉，您指的是？」

「那條綠色的領帶。」

花穎只是因為無聊，單純想轉移注意力才提出這個問題的，但衣更月的回答卻毫不猶豫。

「那種東西不值得打在身上。」

絕對的拒絕。衣更月面無表情地盯著花穎。

感覺就像腦袋遭人從旁打了一拳般。花穎為自己受到打擊這件事又受了一次打擊。

衣更月不承認花穎是個稱職的主人。這也不是沒有道理。花穎以一家之主不該有的輕率，做出了讓人懷疑的舉動。

花穎被鬼抓到，變成鬼了。

真兇披著善良小羊的皮，巧妙地混在眾人之中。

「花穎。」

肇大帶著兩個警衛來到二樓。

「沒叫你烏丸先生應該會被老爸罵吧。還是說，要叫烏丸少爺？」

「你不是有什麼話要說嗎？」

肇大的歪嘴笑容令人作噁，花穎想趕快知道事態的後續。肇大粉紅色的領帶比表情更令他煩躁。

「莉紗小姐醒來了。我和刻彌一起問了她事情的經過，但她的記憶似乎有點混亂，因為是從門的死角突然遭受攻擊，所以好像記不得犯人的長相。」

花穎的救命繩被殘忍地切斷了。原本抱著一絲希望，等莉紗醒來後，可以作證犯人是誰，但事情看起來並沒有這麼容易。

一樓的人們並著肩，對肇大投出探詢或是期待他有所表現的眼神。

肇大坐在花穎左邊的沙發上探出身子道：

「這是很嚴重的傷害事件。但我實在很難把才剛繼承烏丸家的主人交給警方。幸好，這裡也有幾個警官的小孩。大家都站在你這邊。」

花穎漸漸了解肇大一臉開心地遊走在賓客之間的目的。

花穎犯罪對肇大或是他們而言是個大好機會。

「意思是……大家先套好說辭，當作沒這回事？」

「當然，莉紗小姐那邊必須以私底下和解的形式給予慰問金和封口費就是了。」

用數字就可以解決這件事了吧？這或許是最簡單的解決方法。

但是，一旦花穎妥協，就欠了在場所有人一筆「好意」閉一隻眼的債，今後不知道有誰會提出什麼樣的要求，做出怎樣的威脅。

而花穎則成了個一輩子掩飾罪行的男人。

花穎抬頭看向衣更月。

畏罪潛逃，不配當一個擁有執事的主人。

「可以讓我查一件事嗎？」

「咦？」

肇大意外地抬頭看著站起身的花穎。

「我要證明自己的清白。」

看到花穎解開袖釦，理解狀況的衣更月將手放在他外套的肩膀位置。從西裝外套伸出袖子後，遭汗水浸濕的後背終於可以透透氣了。

肇大配合花穎的腳步跟在一旁的身姿，令一樓的空氣開始躁動。花穎不以為意地通過天井，走向事件發生的二樓女生洗手間。

身後是衣更月與兩名警衛，好幾名好奇想參觀的賓客則跟在更後方。

花穎推開女生洗手間厚重的大門，把其餘的人全留在門口，一個人進入洗手間內。

看樣子從莉紗昏倒後，就沒有人使用過這裡。洗手間與花穎聽到尖叫後踏進來時沒有兩樣。

三間單間廁所與三個洗手檯。男生洗手間放小便斗的位置是一整面鏡子，設有兩張椅子做為化妝間使用。花穎雖然因為不習慣這部分而幾乎待不下去，但如今只能將難為情拋到腦後。

花穎站在莉紗昏倒的單間廁所前。

「莉紗小姐出血的狀況如何？」

他一詢問，眾人的注意力便轉到肇大身上。肇大一臉迷惑。

「是鼻血。應該是遭犯人攻擊時流的血。臉雖然腫起來，但牙齒全部沒事。」

代替肇大回答探出頭的人是——

「赤目先生。」

「呦！叫我刻彌就好，小烏鴉。」

赤目以開玩笑的態度回以花穎一個笑容。

自己的女朋友遭到攻擊，在犯人有可能是花穎的情況下還能如此，真是個心胸開闊的人。或許赤目願意相信花穎不是犯人。

這麼一想，花穎的呼吸變得輕鬆起來。

「脖子有勒痕嗎？」

「沒有喔。」

「謝謝。」

花穎向赤目道謝後，移回視線。

「廁所牆壁上，有縱向的血痕。」

應該是受到攻擊後撞到裡面的牆壁時流鼻血，倒下來時劃到的吧。

不是「這個」。花穎在找的，「必須」是其他的東西。

「馬桶蓋著蓋子，也不是這個。地板很乾淨，不是。」

花穎的目光掃過單間廁所的每一吋地方。

「男僕先生，你的主人在幹嘛？」

赤目隨意地將手放在衣更月的肩膀上。衣更月只是輕輕地斜眼看了一下，並未撥開赤目的手。

「我也不清楚。還有，我是執事。」

「啊～有道理。」

赤目接受地笑了笑。

花穎內心嫉妒起衣更月。在別人眼裡，衣更月看起來是名優秀的執事，花真羨慕。花穎卻是隻「小烏鴉」。

赤目是大學生，衣更月二十二歲，兩人瞧不起十八歲的花穎才是理所當然的事。沒什麼大不了的。花穎對自己這麼說著以保持內心平靜，進入了隔壁一間廁所。

「衣更月。」

「是。」

「你進來一下。」

「好的。」

衣更月的影子落在站在馬桶座消毒液旁的花穎身上。

莉紗遭到犯人襲擊時應該也是這種狀態。

「背光嗎？」

衣更月的頭剛好與洗手檯的電燈泡重疊，遮住了光源。

「需要重現攻擊時的樣子嗎？手掌還是拳頭，您喜歡哪一個呢？」

「都不喜歡！只是做個樣子！攻擊的樣子！」

「我知道了。」

可以不要若無其事地說出那麼恐怖的話嗎？花穎雖然知道自己實際上不會受到攻擊，但還是有些害怕，閉上左眼，右眼微微睜開等著衣更月的手掌。

啪，衣更月的手掌以近乎零的向量輕觸花穎的臉頰。令人不甘心的是，他的手比花穎的臉頰還大，輕易地覆蓋了花穎太陽穴到嘴巴的範圍。

「這樣被攻擊……咦？」

花穎在右轉途中，停下扭頭的動作。

「怎麼了嗎？」

「不，如果我塗口紅的話，你會很困擾吧？」

「如果花穎少爺這麼希望的話，阻止您便有違執事守則。然而，考慮到花穎少爺的風評、烏丸家的社會觀感，硬要說的話，會歸為困擾的那一塊。」

「你太囉唆了。」

花穎下意識地露牙威脅對方，穿過衣更月的身側，離開了廁所。

大概是想偷看裡頭的情形吧。傾著身子進入洗手間幾步的肇大、赤目與幾個看熱鬧的人看到花穎後，又一腳往後跳開。

沒有把他們放在心上，花穎抬頭看著分別附在三個洗手檯鏡子上的電燈，在右側的洗手檯洗了手。他抹上洗手乳，按照鳳教的洗手歌順序搓揉泡泡，乾淨地沖洗。

「嗯。」

接下來是中間的洗手檯。

「……他在做什麼？」

「誰知道？」

赤目與肇大的私語藏著不解。

花穎將手伸向水龍頭，雙手伸入感應器流出來的水中後，跟剛才一樣，以手掌按下給皂機。

「！」

花穎下意識地跳開。洗手乳似乎噴出來了。

「花穎少爺。」

衣更月抽出口袋裡的手帕，擦拭飛濺到花穎西裝褲上的洗手乳。雖然不是水果或醬汁，但洗手乳浸到布裡的話，也會對布造成傷害。

「不用水沖洗的話，沒辦法完全擦掉。」

「這樣啊。」

因為衣更月把手撤開，花穎再次緩緩地按下給皂機的按鈕。

洗手乳噴灑，由於花穎這次沒有避開，洗手乳濺到了他的襯衫。

「花穎少爺？」

「找到了。」

花穎心中的假設得到證實，整個人轉向真兇。

門口的幾個人繃緊身子。那個站在前頭的男人。

「犯人就是你，芽雛川肇大先生。」

花穎的話凝結了空氣。

這次不會讓你逃掉了。

花穎吞下吸進的空氣，下定了決心。

4

肇大笑了開來。

他可憐地看著花穎，宛如大人指責小孩般地微笑著。

「不可以為了漂白自己的過去而把罪推到別人身上喔。」

「…………」

「花穎，我再說一次。這是嚴重的傷害事件，可不像黑白棋那樣能輕易顛倒黑白。」

肇大周圍的人看起來都像站在他那一邊。

相反的，花穎這邊只有衣更月一人。不對，就算他看重烏丸家的名聲，也不承認花穎是主人，所以算零點五嗎？假設赤目立場中立也是零點五加起來就是一。

古人說只要有一個人站在自己這邊就夠了。雖然同樣是一，內容卻很不可靠就是了。

花穎盡其所能地把力量積蓄在雙眸中，回瞪著肇大的笑容。

「肇大先生。你衝進這裡的時候是這樣說的：『剛才的尖叫是怎麼回事！』」

「是嗎？」

「衝進來的不只你一個人。那邊也有幾個吧？當時在的人應該也記得他說的話。」

肇大身旁的人交換著視線。

「的確……他說有聽到尖叫聲，我們才過來看看情況。」

肇大微微蹙眉。

「在自己主辦的宴會上聽到尖叫聲，正常來說都會去檢查吧？」
「當時，一樓正在表演弦樂三重奏，就連處在隔壁男生廁所的我聽起來都很細微的尖叫聲，為什麼位於一樓的你可以聽得到？」
「那是……」
肇大為之語塞。
在這裡承認就好了。現在在場的人不多，可以在最不傷害他自尊心的狀況下解決事情。但是，肇大不願退讓。
「正是因為現場演奏的關係，大家都停下談話專注聆聽，因此曲子與曲子之間是完全的安靜狀態。我就是在那個時候聽到尖叫聲的。舉行演奏會反而是很幸運的事。」
面對符合邏輯的辯解，花穎在失望的谷底垂著頭。
（好煩，好煩。）
花穎有一個從小就很不會玩的遊戲。
一旦那個遊戲開始，花穎就絕對贏不了，永遠要一直當鬼。當鬼的人指定一種顏色，孩子們在碰到那種顏色的期間被鬼碰到也不算，是有條件限制的鬼抓人。
顏色鬼抓人。

「肇大先生，你的領帶是什麼時候換的？」
「咦？」
聽到花穎的問題，肇大有一瞬間失去了笑容。
「雖然很像，但顏色不一樣。」
周圍的人們皺起眉頭偷覷著肇大的領帶。
肇大從人群中站到前方，將領帶從人們的目光中抽離。
「請你不要找一些奇怪的碴。我今天從家裡出門時就是打這條領帶。刻彌也有印象吧？」
「沒錯，我看一直都是粉紅色。」
「不是。」
聽到花穎直言，肇大有些卻步。
赤目避著笑，其他人則一臉困惑。
背後傳來衣更月移動步伐的聲音。
花穎盯著肇大。
「犯人在這裡襲擊了莉紗小姐，遭到手掌攻擊的莉紗小姐失去意識。犯人打算逃跑時發現手上沾到了口紅。」

就算衣更月的手再大，只要是男生，考量男女之間體格的差異，犯人的手應該的確會沾到莉紗的口紅。若手掌是朝耳朵的方向揮舞，莉紗那個像水晶吊燈的耳環便會毀損，掉落部分在地上。

「犯人用了中間的洗手檯想洗掉口紅，卻因為給皂機壞掉，領帶沾到了洗手乳。所以才急急忙忙地換了領帶，裝作聽到尖叫聲的樣子吸引大家的注意，成為第一發現者。」

若是主人肇大，就有可能辦到。

「就說了我沒有換什麼領帶。」

「你換了。」

存在花穎聲音裡的，既非自信也非理論。

而是事實。

「你一開始打的領帶是珊瑚礁色。現在的領帶是高體溫的動物膚色。後者的彩度略微高了一點。」

「說什麼蠢話……」

和肇大的動搖成反比，花穎的影子感覺冷卻了下來。

「我天生的色彩感知就跟別人『不一樣』。」

花穎冷靜地回答。

若是從陽台眺望庭園的綠意，會因為沒有一片葉子、一根樹幹呈現同樣顏色的複雜視覺而眼花。

要分辨銀製餐具的色澤，對花穎來說就像分辨黑色與白色一樣。

花穎會覺得綠色領帶跟西裝不搭，其實不是衣更月的錯。大概就連販售的店員也會說那是極為相稱的搭配吧。

由於女生的洋裝太過花俏，若是不刻意從視線中排除，就會暈眩。

在花穎的視覺裡，些微的色相、色度差異，經常有著極大的區隔。

對花穎而言，要找到顏色鬼說的顏色是很困難的一件事，此外，就算抓到觸碰的顏色跟自己指定顏色不同的朋友，對方也無法理解為什麼摸到的顏色不算數。

所以，花穎一直很討厭顏色鬼抓人。

「有孩子用數位相機拍下會場的照片吧？把那張照片中的你和等一下去相同地點拍照的你分析比對就知道了。」

「你說的是真的嗎？」

人群後方，一道微弱的女聲問道。

從讓開的人群中現身的是莉紗。她的臉上貼著冰敷貼片，散亂的頭髮從右肩垂下，穿著斷了一腳的高跟鞋舉步維艱地走了進來。

「莉紗小姐。」

「我聽說知道犯人是誰了。」

莉紗抓著化妝間的隔板，盯著花穎。看得出來她披著披肩的纖細肩膀，還因銘刻記憶中殘存的恐懼而顫抖。

肇大交叉著手臂旁觀。赤目也沒有幫忙。

花穎對她說：

「莉紗小姐，妳可以跟我談談嗎？」

「要談什麼，我什麼都不記得了。」

莉紗逃避似地低下頭。額頭上殘留的瘀青看起來很嚴重。

「如果不願回想，妳就不會過來了吧？妳其實知道我不是犯人吧？」

「……！」

若莉紗是受到良心譴責的推引，那花穎與她便能為彼此做出逃生的通道。

「妳的身高就算扣掉鞋跟的高度，也跟我差不多。假設我是犯人，不管有沒有穿皮鞋，都無法擋住洗手檯的光。」

會背光，是因為對方是比花穎高十公分的衣更月。

「就算沒看到犯人的臉，那領帶的顏色呢？就算只有看一眼，也不會把水色和粉紅色看錯吧？」

「你從剛剛就一直在說領帶怎樣怎樣的。這是全世界都有分店的品牌。就算有其他人打一樣的領帶也不奇怪吧？」

肇大話說得又快又激動。

「莉紗是頭被打到喔。我不認為她可以做出正常的判斷。誰能保證她的記憶有多正確？誰又會相信？」

「我……」

花穎拚命地對猶豫的莉紗再次說道：

「莉紗小姐，拜託妳。」

「我……其實……」

莉紗在胸前握緊雙手，雙眼用力一閉，抬手伸出食指，在混亂急促的呼吸下指出了答案。

「是這個人。」

莉紗塗著美麗夜色的指尖，指向了肇大。

「他約我一起出去，我拒絕後他還是不放棄，跟著我到洗手間。我嚴正拒絕他後就被打了。對不起。他跟我說什麼都不要說。對不起！」

莉紗朝花穎低下頭。

花穎搖搖頭。洗刷冤屈的強大安心感，令他沒有心情責備莉紗。模特兒跟有力人士的次子。想威脅立場薄弱的莉紗，說辭要多少有多少吧。

肇大身邊的人與他拉開距離。兩名警衛不知所措地看著彼此。

肇大一時間像是搞不清楚狀況般地環顧四周，當理解漸漸追上事情發展後，開始大肆乾笑。

「啊？錯的是我嗎？在宴會上不能追女生嗎？」

「把人家的女伴追到廁所去啊。」

赤目若無其事地嘲弄道。

「很抱歉啦。因為她太可愛了，只是開個玩笑而已嘛。」
「玩笑？」
「！」
看著事到如今還在找藉口的肇大，花穎感受到憤怒已經滲入自己的聲音中。
「肇大先生，你有說過吧？」
因為卑劣的慾望而威脅女性，甚至還把罪行嫁禍出去，不打算負責。色慾薰心的鬼。
「『這是嚴重的傷害事件』。」
花穎以冷到骨子裡的眼神睥睨著肇大。

「衣更月，眼鏡。」
「是。」
加入一層淡淡色彩的眼鏡可以降低彩度。雖然只是暫時的休息，但在疲勞時非常有效。在日本，有一定的人數會在意鏡片顏色，尤其是小孩的鏡片顏色，所以沒戴眼鏡參加宴會的策略成功了。

「烏丸花穎。」

一反先前親切的聲音，肇大以低沉的音調喊著花穎的名字，警覺心與一股惡寒同時竄上花穎的身體。

肇大浮出淡淡的笑容，把手撐在洗手檯邊緣。

「早早修完博士課程，十八歲就繼承家業，你可能以為只有自己很聰明。我是犯人？這種事大家都知道喔！」

「什麼意思？」

花穎的理解無法跟上，試著摸索，將記憶與肇大的話語連結。

花穎遭到懷疑時，沒有一個人出聲。所有賓客都乖乖地聚集在一樓的大廳，彷彿看電影一樣，以事不關己的態度抬頭看著他們。

「大家都知道卻漠視嗎？」

花穎看向人群，有幾個人尷尬地別過臉。

他們應該是沒有明確的證據，或許只是覺得有可能是肇大。然而，儘管他們腦海中浮現充分的可能性，卻還是決定當作沒看到肇大的所作所為嗎？

「你還是小孩子啊，花穎。」

肇大嘲笑著。

「在大家面前聲張正確的言論心情很好嗎？譴責別人有那麼開心嗎？你覺得我會因為這樣受到多少傷害？損失多少東西？」

「……你就是做了那樣的事。」

「罪責是由你這個不是法律專家的人來決定啊。這世上有一種人類的羈絆是無法用法律衡量的喔。你知道是什麼嗎？是體貼。」

「體貼？」

「沒錯。」

肇大的話彷彿在花穎的身體裡灌進了沙袋。

他的腦袋漸漸變得沉重，身體不聽使喚，從指尖開始失去知覺。

『換你當鬼了喔！』

他們對抓到的花穎說著這句話，堅持不同的顏色是一樣的顏色。就像這樣，世界的常識將花穎的認知破壞、粉碎、掩埋。

「不體貼的傢伙，連沉默的溫柔都不懂，一點禮儀都沒有。無法融入社會又不知天高地厚。虧你這樣還能繼承家業啊。」

「我，可是……」

肇大以更大的聲音蓋住無法好好回話的花穎：

「你就關在研究所的研究室裡，研究你最喜歡的顏色就好了啊。」

「芽雛川少爺，失禮了。」

衣更月語畢，連眨眼的時間都不到——

衣更月回轉身體。肇大的背部彎曲，像蝦子一樣倒在洗手檯的地板上。

「Rolling Sobat！（註1）」

在場除了衣更月以外，所有人都目瞪口呆。

因為衣更月朝肇大的屁股施了一記迴旋踢。

「好痛！好痛！」

肇大縮成一團在地上打滾。

花穎雖然想阻止衣更月，卻因為太過震驚而擠不出聲音。

「分類信件是執事的工作。」

「噫！」

衣更月理了理衣領，俯看著害怕的肇大。

「對於烏丸家的任何抱怨、要求，麻煩請透過我這個執事。」

語畢，衣更月狀似恭敬卻無比輕蔑地低下頭。

5

在沒有任何人拘留的狀態下，花穎帶著衣更月前往一樓。此時留下來的人們似乎才理解事情已經告一段落。

賓客們沒有特地向花穎搭話，彷彿什麼事情都沒發生般，若是與花穎眼神相對，便回以微笑。在場微笑的人們，就像是一種穿上衣服的完美態度化身。

「花穎。」

「赤目先生。」

在入口附近被喚住，花穎不自覺地放鬆了表情。因為他願意保持中立，所以花穎才

◆註1：日本格鬥技中，一種迴旋跳躍後以腳底攻擊對手的招式。

能不放棄地待在現場。

「跟你說了叫我刻彌就好。」

赤目輕鬆地說著，朝插著手的口袋方向歪著頭。

「辛苦了。第一場宴會很艱辛吧？」

「拜此之賜，感覺之後不管發生什麼事我都能克服了。」

「哈哈。莉紗好像想跟你道謝，但因為律師來了，需要跟她談談。」

這種時候赤目不陪在她身邊好嗎？花穎抱著些許的疑惑。如果介入處理的是肇大的顧問律師，有可能會以對莉紗不利的條件逼她和解。

「但是，還真可惜啊。」

赤目看著天花板一臉失望。

可惜？

花穎心頭閃過一個接一個的疑問，感覺連原本明白的事情都快搞不清楚了。

「我以為會再更熱鬧一點，但那傢伙說出來了。虧我事先教過的說，這樣不就沒意義了嗎？」

「教過？教了誰什麼？」

花穎藏不住疑惑問道。赤目把左手放在花穎的左肩，在他耳畔悄聲地說：

「我教她『什麼都不要說』。」

花穎的耳朵深處，以莉紗的聲音重現了同樣的話。

『他跟我說什麼都不要說。對不起！』

儘管目擊到犯人，卻強迫受害者不准作證的命令。

花穎腦袋一片混亂。

「為什麼你要這麼做？」

「其實隨便怎樣都可以。大概是因為比起暴發戶芽雛川家的次男，名門烏丸家的新當家搞出這種事比較有趣吧？」

赤目不帶一絲惡意，滿不在乎地說著。

魔窟。

花穎看著赤目以及在他身後彼此笑著的賓客們。

不是鬼混在羊群裡面。而是群聚的惡鬼們披著羊皮，只要找到天真的真正小羊便拿來當祭品的可笑世界。

「烏丸家的坐車來了。」

高個子警衛向衣更月說道。

「拜拜，花穎。再一起玩喔。」

赤目以放在肩上的手再次輕拍花穎的肩膀後，消失在人群中。

直到現在，花穎的膝蓋才傳來顫抖，幾乎要跌坐在地。

「花穎少爺。」

「……我沒事。」

雖然口頭上逞強。但全身上下完全、徹底、沒有一丁點沒事。

花穎在衣更月的支撐下走過入口的短廊，朝駒地等待的圓環前進。

離開屋子的大門，只有非常短暫的時間是和衣更月單獨兩人走向外面。海風吹著花穎的臉頰，日本的海潮味道，有種令人懷念的感覺。

「花穎少爺。」

「怎麼了？」

花穎抬頭看著衣更月嚇了一跳。攙扶花穎的他臉色反而更糟。

感覺得出來，衣更月平常的冷靜表情如今正在壓抑著什麼。他垂下細長的眼睛，將視線落在腳邊。

「很抱歉，請解雇我吧。不能讓烏丸家的名聲受損。」
要說到衣更月的過失，就是踢了肇大這件事。
在面無表情中，衣更月其實一直擔心著烏丸家的未來並不停反省嗎？
花穎說不出任何話來。
因為家譽而切割為了自己揮拳的人，花穎心中的一家之主不會做這種事。
花穎暗暗在衣更月的背後握緊拳頭。
「我原──」
「不可原諒。」
「諒？」
衣更月喊出了花穎原本要說的台詞，而且還是完全相反的內容。
花穎偷覷著衣更月的臉，發現他的面無表情已經破功，眉間積蓄著不悅，雙眼充滿鬥志，嘴邊沸騰著厭惡。
「衣更月？」
「若是花穎少爺您自己的事情還暫且不論。您的禮儀規矩是鳳先生教的，沒禮儀？是想說鳳先生的不是嗎？芽雛川肇大，你這個無知的小鬼。沒規矩的是你。光回想就讓人不爽到極點。」

途中連敬語都忘了，充滿恨意的真心話宣洩而出。

看樣子，那一腳不是為了花穎。

聽了衣更月自說自話的怒意，花穎突然覺得不管是今天發生的事還是人們的心機，一切的一切都好愚蠢。

「夠了啦。」

花穎無奈地說道。衣更月回過神，臉龐再次失去血色。

「沒事啦。現在要再找新執事也很麻煩。」

花穎失笑，沒有再追究衣更月的行為，以自己的力量站在車門前。

衣更月輕輕乾咳一聲，打開車門。花穎一入座，駒地便以放心的表情迎接。

「您回來了。」

「我回來了。」

衣更月坐上副駕駛座，繫上安全帶。

「出發了。」

車子流暢地發動，已經看不到屋內的樣子了。

後座的花穎放鬆四肢，將頭靠在頭枕上。
「對了，衣更月。我想雇雪倉峻當造型師，如何？」
峻能幹又認真，沒有放過的道理。
負責雇用人事的衣更月，以無懈可擊的冷靜聲音回答花穎的提案：
「家裡沒有造型師這種職位。請他擔任統括頭髮、衣物的貼身隨從（valet）兼廚師助理的僕役長好嗎？」
「嗯，這樣好。」
感覺峻會成為花穎優秀的僕人。
總有一天，他也要讓衣更月邊含著喜悅的淚水，邊顫抖著打上那條綠色的領帶。
花穎很滿意那幅幸福的未來想像，身體埋進後座的枕頭裡。
「明天早餐吃培根蛋配鄉村麵包。不要忘了蛤蠣……巧達……湯。」
「好的。」
伴著海潮聲，還等不到衣更月回應，花穎已安穩地進入夢鄉。

※　※　※

花穎換上睡衣在床上打滾，撥了通電話給鳳。因為不知道真一郎現在人在何處，所以也無法判斷時差，鳳在第二次撥通後馬上接起電話。

「鳳，你看照片了嗎？」

『是，我已經拜見過了。看到花穎少爺氣派的身姿，真是讓我無限感慨。』

「這樣啊！」

花穎滿懷喜悅地在床上左右翻滾。但，在第三次滾動的途中失速後趴在床上。他停止滾動抬起上半身。

「爸爸應該已經聽說芽雛川家宴會的事了吧？」

『我是這麼聽說的。』

「這樣啊……鳳，我應該處理得更好的。雖然芽雛川肇大殘忍的惡行難以原諒，但是讓他在眾人面前丟臉是我的失誤。芽雛川家和烏丸家結了怨，或許將來什麼時候會對我們不利。」

花穎不得不承認自己的不夠成熟。

鳳靜靜地聆聽花穎的話語，但他輕微的呼吸習慣，傳達出他微笑著的訊息。

『關於這件事，我認為您不必擔心。』

「為什麼？」

花穎起身盤坐在床上。

『我在烏丸家服務了四十年，負責管理財產之外，也幫忙股票交易的相關工作。』

「嗯。是鳳教我股票的。」

『關於這個股票，肇大少爺最近似乎因為贊助的家具設計師獨立的關係，蒙受了龐大的損失。前幾天，我「偶然」有機會和他談話，建議了幾個可以有效彌補損失的方法。』

「你和芽雛川碰面了嗎？」

花穎不小心提高了音量，急忙將手機撤離嘴邊。現在才拿開電話，絕對來不及了。

花穎懷著對鳳的抱歉，沮喪地將手機重新放回耳邊。彷彿就像看得到一般，鳳繼續說下去：

『肇大少爺非常感激您。說自己因為股票失敗，心情焦躁而遷怒他人等等，是很可恥的行為。』

「感激我，他搞錯對象了吧？」

幫忙他填補損失的是鳳。

然而，鳳卻像是要說這不值得一提般以一句話——

『總管的所有行動，都帶著其侍奉的家族之名。』

簡單地補充，收拾了問題。

花穎的眼眶發熱。

明明讓鳳幫忙代表自己還太嫩，但得到幫助又好開心。

『花穎少爺？』

聽到鳳溫柔的呼喊，花穎一口氣將含著淚水的呼氣吸回。

「話說回來，鳳。衣更月是怎麼回事？完全不笑，也不會開玩笑。若說一句這樣才是執事的本分，那我也沒轍，但稍微有點幽默感也沒關係吧？」

『這樣啊。他或許是因為太投入，所以有些極端的地方。』

由於鳳是以帶著笑容的口氣回答，因此隱約可以看得出來他和衣更月之間的感情。

花穎不情不願地閉上嘴。不論是誰，講對方親近的人的壞話都不好。

「嗯……他的確很投入工作。」

『那真是太好了。』

「嗯。」

毫無疑問地是件好事。

花穎轉換心情，回復平常的語調說道：

「吶，鳳。你說的笑話裡面，我最喜歡那一個！你跨在我裝有輔助輪的腳踏車後面說：『我是鳳．赫本（註2）』。」

聽到花穎這番話，鳳開心地大笑道：

『那是鳳使出渾身解數的幽默感。』

花穎知道電話那端的人慎重地行了一個禮。

◆註2：「鳳」與「奧黛麗」的日文發音相似。

小狗華爾滋

小狗搖著尾巴。

「跟你說不能來這裡了吧？」

儘管遭到衣更月責罵，小狗卻聽不進去，宛如照鏡子般在蹲坐的衣更月面前也坐了下來。

小狗的花色和毛的長度看起來像邊境牧羊犬，但是體型偏小，四肢和尾巴都短短的。大概是邊境牧羊犬和迷你長毛臘腸犬或同類型小型犬的混種吧。

這隻小狗幾天前闖入了烏丸家的庭院。不確定是有人飼養的家犬走失了回不了家，還是遭到拋棄的流浪狗。小狗身上既沒有可以確認的項圈也沒有登錄牌，身為執事，衣更月應該迅速和衛生所聯絡才對。

然而，雖說是不請自來，但也是踏入烏丸家的客人。因為興起了奇妙的職務意識，想著至少也要提供牠一頓飯……是個錯誤。

「……我今天不會給你喔！」

儘管衣更月這麼說，小狗仍不停搖著尾巴。每當衣更月打算捉住牠時，小狗便會敏捷地逃開，藏身在寬闊庭園的某處。

「這個家有什麼讓你這麼喜歡？」

衣更月盯著小狗無邪的眼睛，徒勞地問著牠留在這裡的理由。

平常人們都說貓戀家，狗戀人。

所謂的執事，應該要跟狗兒一樣，鳳是如此教導衣更月的。

※

衣更月基本上不會違背鳳的任何教導，但是關於貓和狗的部分卻無法接受。

「有疑問的話，就當下發問。」

鳳將擦得閃閃發亮的銀製餐具放進盒子中，隔著布拿起下一只餐具。

衣更月將鐵丹溶入阿摩尼亞中，以木鏟子攪拌。

「大部分在公司任職的人，就算老闆換人或是被其他公司吸收合併，也會繼續當同一間公司的員工。把情況換成執事，不就是被一個家雇用嗎？」

「衣更月，戴手套，不然會起水泡。」

鳳以指尖仔細地擦拭餐具，連紋路的細縫也不放過。

雖然銀製品也能浸在酸性液體中再以刷子清潔，這麼做連細部都可以變得很乾淨，卻也會磨損尚未氧化的銀質。

鳳教衣更月的，是以手指將鐵丹塗在銀製品上清潔的老方法。雖然會傷害肌膚，手變得像是做過上千次揮棒練習一樣，但那超越疼痛而變硬的雙手被稱為「銀器手」，古時候據說是執事獨當一面的證明。

衣更月暗自對銀器手懷抱憧憬，因此常常故意不戴手套直接處理鐵丹。不過，好像被鳳看穿了。

衣更月套上指間處放了棉布的皮手套。這是鳳親手製作的手套，手掌開闔時，柔軟的皮革連指根都能貼合。這倒是很令人高興就是了。

鳳將叉子翻面，拿到電燈下，擦掉表面的髒汙。

「關於你的問題。」

「麻煩您了。」

衣更月放下木鑷子，雙手擺在膝前。鳳推了推老花眼鏡，微微露出苦笑。

「手不要停下來。」

「是。」

「我並不是說一直侍奉、效忠血脈代代相傳的家族不好。但執事面對風評過差的雇主也待不下去，相反的，要是家裡僕人過多，職位到達頂點卻不太可能從男僕再晉升的時候，也有人拿著介紹書改到別家工作。」

「還真現實呢。」

比貓還要善變。

「既然是工作，就不能小看工作環境。最近也有公司是將接受考試、登記在案的執事派遣到通過審核的顧客家中。由於人事仲介系統保證了優良的雇傭關係，因此雙方也都能放心。」

「的確……」

若是顧客對執事不滿，不用為訓練執事或是重新找人而煩惱，只要跟仲介公司申訴就好。執事則委託公司蒐集情報，可以避免雇主不支薪或是不合理的暴力等風險。

「有很多人就算主人世代交替也繼續在同一個家裡當執事。我自己從老爺的父親那代開始就侍奉著烏丸家，但即便如此——」

鳳講了一段開場白。

「執事還是希望只侍奉一位主人，貫徹忠誠。」

鳳帶著回響的聲音裡，沒有過大的理想也非過小的自嘲，而是密切符合他自身的真實感。

「執事的工作極為忙碌，為了主人不惜耗費功夫、時間，如果沒有將自己全部的身心都奉獻給唯一一個人的氣魄，是無法完成任務的。若是工作品質下降，不僅讓主人失望，也有損自身的驕傲。」

「執事的驕傲。」

衣更月心中還沒有這種驕傲。知道這種驕傲的存在以及擁有這份驕傲的可能性，在衣更月的內心深處，挖開了一個不知名的空洞。

有朝一日成為執事後，自己的心中也會產生這股驕傲嗎？尚未明確的主人會給予自己這種心情嗎？

「跟隨主人、幫助主人、守護主人到最後一刻的，就是執事。」

鳳將擦拭完畢的叉子放入盒子裡，盯著衣更月。

「記住，失去自尊的執事，如同一具虛無的空殼。」

「是。」

望著湯匙裡還空空如也的自己，像是要掩蓋般，衣更月為湯匙塗上了鐵丹糊。

將鳳的話語放在心上，衣更月賣力地投入烏丸家男僕的工作。

因此，真一郎要他過去的那一天，他有一種迷失道路的感覺。

「真一郎老爺要引退……嗎？」

至今為止一路走來的道路，彷彿突然在懸崖邊中斷。

「我執事的職責也到今天為止。」

「意思是，連鳳執事也不做了嗎？」

感覺就像地圖被抽走了一樣。說是從天堂掉到地獄也不為過。

衣更月雙腳僵硬，腦袋一片空白，感到走投無路般的絕望。雖然鳳教了他身為一名男僕面對各種狀況的思考方法和技術，卻還沒教他這種時候應該採取的態度和可以懷有的感情。

「衣更月。」

「是。」

看著隱忍住不甘心回應的衣更月，鳳的嘴角露出淺淺的微笑。衣更月抬起臉龐時，鳳已經恢復工作中的認真神情，因此他以為剛剛是自己的錯覺。

「身為烏丸家的執事，我要執行最後的人事調配。」

「嗯，什麼？」

「從明天起，你就是烏丸家的執事。」

由於太過出其不意，鳳的話語抵達衣更月的大腦，實際上花了十七秒的時間。

仔細一聽，原來鳳不是離職，而是隨著真一郎的引退成為總管，負責土地、房屋等的財產管理以及協助真一郎的旅行事務。空出來的執事一職便由衣更月遞補上去。

衣更月因為獲得鳳的認同而高興不已。

卻也因鳳要離開這件事而感到不安和寂寞。

衣更月就這樣抱著複雜的心情，目送真一郎和鳳前往底特律，空虛地過著日復一日的生活，等待新主人的到來。

烏丸家的新主人是真一郎的兒子，花穎。

聽說他從英國的公學升上大學，沒有回日本一直待在研究室裡後，衣更月的心中先有了個偏頗的想像。

自負有顆聰明的頭腦，強勢的小孩；討厭人群，憂鬱又固執的小孩；被過度保護，會因為無聊的一句話而受傷的纖細的小孩。不論花穎符合哪個想像，感覺都無法構築圓滑的主僕關係。

從鳳那裡得知花穎回國時間的同時，他也接到了拒絕司機去接送的通知。這讓衣更月更強化了花穎是個麻煩小孩的印象。

儘管如此，執事要像隻忠犬。

就像鳳對真一郎那樣，身為執事，僅奉唯一的一個人為主人。

衣更月腦海裡對兩人初次見面的瞬間有各種想像。無論他先前對花穎的預想有多糟糕，花穎都是衣更月當執事的第一位主人。懷抱不安的同時，也無法忽視胸中那股雀躍的心情。

花穎預定回國的那天，衣更月從一大早便一一檢查屋子的每個角落，連床底下都一塵不染。他比平常提早鎖好門，以準備萬全的狀態等待新主人回家。

然而，左等右等都等不到門鈴響起。就算花穎知道正門解鎖的密碼，計程車開回來也應該會有光線和聲音才對。

時鐘的指針轉了又轉，來到夜深人靜的時刻。終於響起的，既非門鈴也非引擎聲，而是玄關大門開啟的聲音。

衣更月急忙步向大廳。

當他從傭人走廊來到外側走廊時，聽到了有人拖著什麼走上樓梯的腳步聲。追著聲音，衣更月從樓梯下方往上看時，那道背影已經轉入了二樓的走廊。

有可能是入侵者。

為了避免對方發現，衣更月小心地測量距離，藏身尾隨「那個」的腳步。

「那個」影子環繞四周，沒有打探便直直地朝向某間房間，打開了門鎖。

那是花穎從小使用的臥室。

（那就是新主人嗎？）

衣更月半信半疑地站在門前，他有確認的義務。

叩叩。

小心翼翼地敲門，等待回音。沒有人回聲。

「我是執事衣更月。」

房裡傳來的是不變的寂靜。

「花穎少爺？」

又不是什麼僵屍，應也不應一聲是什麼狀況？

（該不會真的是僵……鬼？活死人！）

再怎麼任性，只要主人是活人就好。衣更月被不安的想像綑綁，戴著白手套的手伸向門把。

「打擾了。」

門輕易地被打開，迎著衣更月。

房間昏暗，走廊燈光透進來的地方倒著一只運動包。幾近全新的小包包，能硬塞進三天的行李就很了不起了。

衣更月走進房間，看到了床上的男子。

男子臥倒在床，沒脫鞋的雙腳直接伸在床飾巾上，臉埋在枕頭中，雙手抓著枕頭，一動也不動。

「花穎少爺……？」

仔細聆聽，勉強聽到睡眠中的呼吸聲。看樣子他已經睡著了。

衣更月心中閃過一絲不安，拿出準備好的毛毯蓋在男子身上，離開了臥室。

那股不安在隔天早上實現了。

「你是誰？」

不知道是沒有從鳳那裡聽說事情原委，還是天生就不聽人說話。

從今天起，他將成為衣更月唯一的主人。

（不可能。）

衣更月冷靜地下了判斷，緊閉雙唇不讓嘆息溢出到紅茶中。

※

小狗瘋狂地搖著尾巴。

衣更月雖然無言地凝視著小狗一會兒，但小狗似乎沒有挨罵的自覺，天真無邪地回望著衣更月。

回到日本的花穎之所以會一副筋疲力盡的原因，衣更月是在上週末的宴會結束後才想到的。

『我天生的色彩感知就跟別人「不一樣」。』

在眾人面前坦承自己和其他人不同，需要多大的勇氣啊。

離開習慣的研究設施，前往機場。搭飛機、招計程車，回烏丸家。從英國國內到日本國內平均的移動時間至少要十五到十六個小時。

衣更月無法想像在那期間，花穎看到的顏色數量和不協調有多少。

或許會遭到顏色的洪水吞沒，中途動彈不得也不一定。從事後調閱的紀錄來看，花穎搭的似乎是比預定還要晚的航班。

（照顧死小鬼……這不是身為一名執事應該說的話。）

衣更月因為遲來的自我厭惡，一點也不像自己地陷入沮喪。他脫下白手套，把手掌放在小狗的頭上。

狗的色覺比人類的色覺弱。雖然人類男性所能感受的顏色數量比女性還少，但是衣更月曾經在書裡看過，狗的視覺就像生活在泛黃的電影裡一樣。

「這個世界對你來說容易生存嗎？」

這是個與眾不同便難以生存的世界。花穎過去要承擔隱藏差異的辛苦，也要面對被發現後引起的風波吧。

（……嘖！）

衣更月拿開小狗身上的手，握緊的拳頭顫抖著。

他在問狗什麼問題啊？衣更月回過神後，耳朵發燙。

「只有一塊喔。」

衣更月從西裝口袋裡拿出麵包，撕成碎片。雖然向小狗贖罪也沒有意義，但必要時也是一個情感宣洩的出口。

小狗將黑鼻湊近衣更月的手掌心，嗅著麵包的香氣。這片麵包減少了對小狗不好的牛奶和蜂蜜，只加了調味的起司和為了讓酵母活動的最低限度糖分烘焙而成，小狗昨天吃得非常開心。

然而，小狗聞了一下麵包香後，只是舔舔衣更月的手掌，彷彿磨蹭般鑽到衣更月的手背下，一口也沒吃。

「你哪裡不舒服嗎？」

衣更月抱起小狗，摸了摸小狗的喉嚨和肚子。

小狗只是舒服地瞇起眼睛，感覺沒有哪裡疼痛。不過，小狗的下腹似乎鼓鼓的。是吃了什麼不乾淨的東西嗎？如果是遭到飼主虐待才逃到這裡來，沒有聯絡衛生所或許反而害了小狗。

「……回去。」

衣更月放下小狗，背過身子。

小狗雖然伸長脖子稍微抬頭看了看衣更月，但當他走向大門後，便轉身跑開了。

衣更月目測小狗已經跑得夠遠後，開始了跟蹤行動。

所謂的執事，面對各種情況都必須蒐集必要的資訊，執行準確的判斷內容。

不管小狗，只維護宅邸內的秩序是一般普通的執事。要是鳳，一定會確保小狗最後的安全與幸福。

小狗以短短的四隻腳奔跑，衣更月繞到下風處，不讓牠察覺自己的氣息，尾隨其後。在烏丸家內庭四處奔跑的小狗，時而停下來聞聞地面的味道，時兒錯把落葉當成蝴蝶飛撲。感覺就只是悠哉地在散步。

小狗終於走到內庭盡頭，衝往前庭的方向。

要跟丟了。

正當衣更月小跑步追在後頭，要轉向宅邸牆壁的南端時——

「喔！小不點。」

從小狗跑走的方向聽到了這句話。

是花穎的聲音。
衣更月把背貼在外牆上，側頭窺探前庭的狀況。
「能再見面真是有緣耶！今天也是要去玩嗎？」
花穎在一樓的陽台裡。他跟小狗說完話，回書房不知道拿了什麼東西後再度出來。
衣更月仔細看著花穎的手邊。是街上賣的那種十圓餅乾棒。
「狗最喜歡美食和棒子了。這簡直就是為了你而發明的點心不是嗎？」
花穎心情愉悅地一邊說著一邊打開橘色的包裝，然後——
「飛過去囉，撿回來～」
將長條型的餅乾丟向庭院。
（那個人在幹嘛啊？）
當衣更月感到傻眼的同時，小狗則努力地奔跑，追著點心。看到小狗含著餅乾回來的身影，花穎的表情暗了下來，不解地說：
「之前也問過了，你為什麼要拿回來呢？可以全部吃掉喔。」
（因為你說「撿回來」吧？）
不能將內心的吐嘈發洩出來，衣更月累積著焦躁。他對不得不服從混合丟棒子遊戲和餵飼料這種神祕指令的小狗深表同情。

「你吃了一半啊……難道……」

花穎看著比先前稍微短了一些的餅乾，睜大了眼睛，將小狗抱起來讓牠的視線與自己同高。

「難道說你留了我的份嗎？」

（無聊。）

衣更月打從心底後悔因為罪惡感而對花穎後悔的事。他果然是個白痴主人。

「花穎少爺。」

「衣更月！」

花穎嚇了一跳，抱緊小狗。

衣更月撿起花穎掉落的殘餘餅乾，從口袋中拿出塑膠袋來回收。

「不可以對野狗施捨。」

「為什麼？」

花穎以直球反問衣更月。

類似小孩子對父母提出的問題。這個問題的答案早已定好。

「因為不應該讓流浪狗為了人類剎那的同情而抱有期待。」

花穎的表情蒙上一層不滿。然而，衣更月並不是說花穎善變也不是否定他對小動物的情感。

「雖然今天餵飽牠，但牠明天不一定能用同樣的方式取得食物。因此我才以剎那形容這種不確定的供給。」

「這種說法不等於也否定了災難時的食物供給和義工活動嗎？我從小學的，是擁有的人要分享給困乏的人。」

花穎已經十八歲，看來反駁也不是小孩子的程度了。

衣更月綁好塑膠袋收進口袋中後，端正姿勢看著花穎說道：

「人類要真正活著，首先必須療傷、積蓄氣力與體力。為此，就算是一時的幫助，也會有數個人接續，因為將希望寄託在未來是很重要的事吧？但若是未經思考就將必要的物品分給擁有充分氣力與體力的人，便是剝奪了他們的活力，也不是丟一句『這是為你好』就可以了。」

「……感覺話題變得好複雜。」

花穎皺起眉頭。衣更月放低聲音和說話的速度。

「若是有生存必要的東西，重要的是傳承生產那些東西的環境以及製造出那些東西的技術。人類與生俱來有依靠自己的意志與力量去做某些事的欲望。」

在進入烏丸家前，衣更月也是如此。

連打發時間的興趣都沒有，也不知道自己能做什麼，只是看不慣什麼都不做的自己，坐困生命的圍城。

要是沒有遇見鳳，衣更月到今天還是會懷抱莫名的焦躁感，揮舞著瞄不準的拳頭吧。或許連揮下錯誤拳頭的目標都會失去，只是有氣無力地看著時間流逝。

『我只是一介執事，無法回應你的期待，也沒有能為你做的事。』

鳳頑固地拒絕了衣更月。

鳳站在身為執事、保護主人的立場上，不可能接受沒有身家保證而且有可能為真一郎帶來損失的衣更月。

但是，誰會白白放開好不容易才抓到的事物呢？

『鳳……先生！我想成為像你一樣的人。』

衣更月不肯罷休。

每次回想都覺得過去真的帶給人家無比的麻煩。那是集年輕、厚臉皮與極限狀態而成的行動。

對身分不高卻執拗糾纏的衣更月，不管是最後給予回應的鳳還是雇用他的真一郎，衣更月就算投胎一百次都無法在他們面前抬起頭。

因此，應該教導花穎的，不是別人都在說的一般論。

而是衣更月的真心話。

「我是這麼想的：如果說旁人能為誰做什麼的話，那就是讓他走上能靠自己生存的道路。」

就像曾經獲得救贖的衣更月一樣。

衣更月語畢，默默看著花穎。反正小孩子不是把道理丟在一旁，堅持己見地說要養，就是把錯推給父母，又惱又哭地放棄。

雖然提出忠告，但主人決定的事衣更月沒有阻止的權利。

花穎像在深思般彎著嘴角低吟：

「簡單來說，就是不是隨意撒錢，而是要增加雇用機會嗎？」

「這也是一種方法。」

花穎能理解真是謝天謝地。

衣更月恭敬地點頭後，花穎像是想到什麼好主意似地眼神發亮。

「也就是說，只要我雇用這條狗就好了吧。」

「啊……」

丟下遲遲沒有反應的衣更月，花穎蹲坐在陽台邊，將小狗放回地面，一臉認真地對牠說道：

「小不點，雖然你的名字我要重新想一下，但從今天起你就是我們家的守衛。我會提供你食物，你要好好工作喔。好嗎？」

雖然不認為小狗聽得懂花穎的話，但牠卻在恰巧的時間點「汪」了一聲。

「好，答得好。」

花穎滿足地點點頭，打開第二包餅乾。

到底他是從哪裡開始怎麼理解出來這個結論的？從來沒聽說誰家讓沒受過訓練的小型雜種狗當看門犬的。

看到花穎打算把餅乾拿給小狗的模樣，衣更月幾乎是反射性地拿出袋子。

「你要做什麼！我決定要雇用牠了。都已經保障牠的明天了，你還有不滿嗎？」

「是的。」

聽到衣更月迅速的回答，花穎害怕地縮了縮脖子。

不只是花穎的視覺。對衣更月而言，花穎本身也讓他無法理解。沒辦法預測他接下來的一舉一動。

「是……是什麼？」

「鹽分過多有害身體。必須配合體型大小給予適當的份量。」

花穎是否能成為衣更月一輩子侍奉的主人，以現階段而言機率非常低。毫不客氣地說著鳳的事情也很無趣。

所以現在，衣更月能夠明確說出來的只有一件事。

「因為傭人的資源管理是執事的工作。」

聽到衣更月這麼一說，察覺到其中的含意，花穎強忍喜悅，向放鬆的臉頰施力。止不住的笑意從花穎的嘴角流瀉而出。

※　※　※

有時候，對某些人而言毫無意義的情報，對別人來說可能是意想不到的好消息。

「明天要拜訪烏丸家嗎？」

詢問的聲音略微吃驚，在玻璃杯的水面興起了小小的波紋。

「會不會太早了呢……」

「計畫已經準備就緒。」

「新一代的烏丸家主人是個沒見過世面又沒用的小子，給了我們一個大好機會。」

放下玻璃杯的聲音驅使著暗地裡蠢動的人們展開行動。

這是對誰而言的噩耗呢？

汙濁的黑暗自東邊的天空緊壓而來。

第3話　韓賽爾與葛麗特的糖果屋

1

深夜的電話與早上的訪客沒好事。

花穎被衣更月叫醒，揉揉惺忪的睡眼，上半身好不容易從棉被裡爬出時，衣更月突然抬起臉，將 Augarten 的茶杯放在桌上。

「花穎少爺，大門的門鈴好像響了。可否容我去應對呢？」

「門鈴？我是沒聽到。」

花穎靠在枕頭上，抱著另外一顆枕頭，擺擺手示意衣更月離開。

「失禮了。」

衣更月行了個禮，離開桌邊。

雖然花穎的意識還處在剛睡醒神智不清的階段，但為了不讓鈴聲妨礙家人的睡眠，門鈴本來就設在很難從臥室聽見的地方。能捕捉到那樣的鈴聲，恐怕是執事的習慣。

「真是像蝙蝠一樣的傢伙耶。」

能聽到超音波，不受黑暗所困地向前衝。如果不是蝙蝠那就是忍者。

聽到花穎對自己耳朵的比喻，衣更月在門口轉身。

「執事絕對不會背叛主人。」

他說了意義不明的話後就離開房間了。

穿過蕾絲窗簾的朝陽照亮了房間。太陽光的顏色還很輕柔，大概才剛過七點吧。這個時候按門鈴的，大概是送貨員或是忘記密碼的雪倉。

花穎將臉埋進枕頭，原本想再次投向睡眠的懷抱，卻很介意衣更月特地留下的話語。雖然他表情沒變，聲音裡也沒有怒氣，但總覺得這句話牛頭不對馬嘴。

花穎將手伸向床頭櫃，拍打了好幾下桃花心木的柔軟表面，找到了昨晚放在上面的平板電腦。拉過平板電腦，解開螢幕鎖，在關鍵字欄位裡輸入蝙蝠。

辭典啟動後，解釋了蝙蝠的三種意義。

一、生物。二、傘。三——

「由於既是哺乳類卻又像鳥一樣會飛，因此用來蔑稱看情況改變所屬陣營的人……是這個啊。」

花穎了解了，將平板電腦放到膝上。這是在花穎十二歲為止的記憶以及這六年來看的日文書中沒有出現過的單字。

如果是因為既是哺乳類卻又像鳥一樣會飛所以不能信任的話，那青蛙是在水裡誕生的卻又活在陸地上，海豚也是狼的後代卻悠游在大海中。還真是奇怪的暗語。

「那要怎麼形容耳朵好的人呢？嗯……」

花穎重新打開辭典ＡＰＰ，在消除關鍵字欄位的瞬間——

「打擾了。」

房外響起敲門聲，衣更月馬上走進來。

「你來得剛好，我不知道要怎麼從辭義去查單字。衣更月，陸地上耳朵最好的動物是什麼？」

「耳朵嗎……啊，確實不是蝙蝠。」

衣更月了解花穎想表達的東西後，冷冷地訂正他的錯誤。由於實在太過丟臉，他暗自希望衣更月可以別再提起。

「這個我剛剛查過知道了。那正確答案是？」

「我想應該是必須警戒獵食者的草食性動物。據說大象可以讀取腳底下的震動，和距離遙遠的同伴對話。」

「好方便！地球就是牠們的電話嗎？」

「確實如此。話說回來，花穎少爺，我是否也能拜借您的耳朵呢？」

「怎麼了？」

花穎在關鍵字欄位裡輸入大象，趁空回應。

衣更月在銀色托盤上放上一張紙片呈給花穎。

「有客人來訪，現在正搭車從大門開往這裡。您要見面嗎？」

「我記得今天沒有訪客的行程。」

花穎抬起視線，看到紙片後全身僵硬。

名片大小的紙張對摺，像 TOBLERONE 瑞士三角巧克力一樣立著，面向前方的紙面上用漂亮的字寫下了訪客的姓名。

「赤目刻彌？」

花穎原本還沉浸在溫暖睡意中的身體瞬間冷醒。

那是前些日子在芽雛川的宴會上令花穎陷入困境的男人。

「他……他來幹嘛！」

花穎拉緊羽毛被抱住膝蓋。那個男人只是因為有趣，就讓花穎背上傷害罪的冤名。

不，還不知道他為什麼這麼做的真正理由。

衣更月重新立好被風吹倒的紙張說道：

「赤目少爺是同行的訪客。」

「同行？跟誰？」

花穎猶疑地回問後，衣更月修長的手指將紙片翻面。

2

花穎換好衣服來到接待室後，赤目正在沙發上大方優雅地享受早茶。

「……早安。」

「花穎，這麼早不好意思喔。」

雖然嘴上這麼說，赤目笑著的樣子卻感受不到任何歉意。

「不會，我已經起床了。赤目先生，有什麼事嗎？」

「跟你說叫刻彌就可以了。」

要提防這種隨和。花穎請坐在下座的赤目移往上座的沙發。

「請移坐那邊。」

「沒關係。好移動的位置比較方便。伴手禮，我們家的蛋糕。」

赤目將一只銀邊蛋糕盒推到桌子的對側。

是能凌駕飯後的飽食中樞，大名鼎鼎的 Entremets・AKAME 蛋糕。他們家的蛋糕在花穎以前的研究室裡也大獲好評，雖然一直想吃一次看看，但由於實在很難說出自己一上街身體狀況就會很糟而去拜託別人，花穎便放棄了。

「謝謝你。」

不管是誰給的，食物本身是無辜的。

由於對赤目的防備心，花穎忍下高興的心情，坐在沙發上收下了蛋糕。等一下分給大家吧。雖然園丁桐山的沉默寡言加深了他給人的古板印象，看起來十分老派，但他也喜歡新式的西洋點心，一定會很開心。

儘管失禮，花穎還是忍不住思考了赤目回去之後的事情，他整了整思緒道：

「對了，聽說你是和別人一起來的？」

「沒錯沒錯。」

赤目輕巧地起身，走向接待室的窗邊。

仔細一看，窗簾隨風搖曳，窗戶似乎開著。赤目前往陽台，片刻後，推著輪椅回到屋內。

看樣子，他說的好移動比較方便是指這個。

「她說要來烏丸家，我就搭便車跟過來了。」

輪椅上坐的，是一位還很年幼的少女。

透過陽光的長髮看起來是明亮的棕色。少女披著附有帽子的披肩，膝上的蘇格蘭羊毛蓋毯雖然是由多種顏色交織而成，但由於彩度低，搭配和諧，因此花穎的眼睛看了也不難過。

少女讓赤目推著輪椅來到花穎身邊後，怯生生地垂下眼簾，長長的睫毛在她的雙頰上落下影子，加深了原本微微顯現的紅色。

「初次見面您好，我叫久丞壹葉，今年九歲。」

「我是烏丸花穎。」

「花穎少爺。」

壹葉以小貓咪般清澈的眼瞳抬頭看著花穎。

花穎不知道該說什麼才好，就算想求助，也猶豫著是否能移開與壹葉相對的視線，又說不出好聽的話，只是等著少女的話語。

「真一郎老爺讓出烏丸家主人之位這件事，是真的嗎？」

以閒聊的開場白而言，壹葉的語氣十分嚴肅。

「是的。現在由我當家……妳有事找家父？」

「不，不是……」

壹葉吞吞吐吐地說著，從花穎身上移開了視線。花穎像是獲得解放般吐了一口氣後，赤目浮現了彷彿看穿一切的淺笑。

「赤目先生，怎麼了？」

「壹葉和令尊有過約定。」

「家父和壹葉小姐嗎？」

九歲的少女和真一郎會有什麼樣的約定？花穎下意識朝赤目投向懷疑的眼神。壹葉不好意思似地答道：

「是我說過我沒有去過遊樂園，真一郎老爺聽了以後非常驚訝，跟我說：『那哪一天我帶妳去吧。』」

壹葉邊說邊露出了開心的笑容，然而，才在想她會不會途中就落下斗大的眼淚時，淚珠就真的一顆接一顆落下，最後低頭哭了出來。

不管是面對小孩還是哭泣的女性，花穎都不知道該如何是好。

（這到底是哪裡的人間地獄？）

花穎產生淋了一身冷汗的錯覺。

六歲時母親過世後，父親長時間在公開場合都沒有護花的對象，回到家迎接他的也只有花穎和鳳，因此，花穎還是孩子的時候就想過，有一天可能會有個自稱母親的人來到家中。

對花穎而言，聰明又俐落的媽媽是唯一的母親。但是，假如獨自努力的父親可以得到心靈上的慰藉，他也不會排斥接納對方為新家人。

然而，現在眼前正在哭泣的，別說是成年了，是個還未滿十歲的少女。

這是犯法。日本的法律是不允許的。

束手無策的花穎慢慢地移動腳步離開輪椅，抓著衣更月的手臂來到房間角落。

「衣更月，你有聽過什麼嗎？」

雖然花穎壓低音量提問，但衣更月卻絲毫不介意地以一貫的語氣冷冷答道：

「關於真一郎老爺的私人交友情形，我一無所知。不過，四季應時的茶會上，他會與壹葉小姐坐在一起。」

花穎露出傻眼的表情。那個爸爸做了什麼啊？

就算多少有些抵抗，他還是可以稱陌生人為繼母。但是，要叫一個幾年前還是嬰兒的小孩子為繼母，他只能抵抗到底了。

花穎心中對父親的埋怨堆積如山，已經沒有餘裕隱藏焦慮，逼近衣更月問道：

「能聯絡到爸爸嗎？」

「我現在打電話。」

衣更月行禮離開房間，幾十秒後再度回來冷淡地回答：

「手機沒有訊號。」

「打到通話為止！」

「花穎少爺。」

雖然壹葉的聲音含著淚，十分微弱，但對現在的花穎來說，那比在耳邊用擴音器說話還要刺進他的心臟。

花穎轉過像是卡住的脖子，回頭看向壹葉，正煩惱該用什麼話語和表情回應時，壹葉將雙手放在膝上，堅毅地抬起頭道：

「沒關係。那是連時間地點都沒有定下的口頭約定。我想那只是安慰。」

「可是……」

「口頭約定也是約定吧？」

赤目的話非常有道理。大人常因為自己的方便，為事情標上先後順序，但對小孩而言，不管什麼話都是真的。

「是的。」

壹葉勇敢的笑容，隨著時間失去了支撐。

「那是以烏丸家主人之名做的約定。」

壹葉揚起嘴角兩端想要微笑，再次溢出的眼淚卻覆蓋了臉頰，想要忍耐的眉毛在眉間刻下皺紋，眉眼顫抖著。

電話還沒有接通嗎？在聽到真一郎真正的用意以前，花穎無法適當地應對。

壹葉的眼淚讓人呼吸困難，接待室彷彿沉到了水底。

當花穎無事可做，狼狽地呆站原地時，赤目宛如一條獨自優游的魚兒，來到花穎的身邊，面帶笑容直盯著他的臉。

「這樣的話，你們兩個人去遊樂園不就好了嗎？」

「咦？」

花穎和壹葉同時發出疑問。

赤目的食指像節拍器一樣，交互指著花穎和壹葉。

「妳是和『烏丸家的主人』約好的吧？」

不理會沒有理解狀況的花穎與嚇得睜大眼睛的壹葉，赤目愉快地笑著。

花穎一轉身，衣更月便機靈地關掉了電話電源。

3

「那麼，我們傍晚五點時會來接您。花穎少爺，請慢走。」

「……我走囉。」

在衣更月的目送下，花穎推著壹葉的輪椅，穿過遊樂園的大門。

東京 Dream Kingdom，通稱夢之國，是關東最大的主題樂園。

穿過「或許」裝飾華麗的大拱門，迎接遊客的，是挑高的拱廊商店街。顏色「大概」五花八門的氣球和壁掛盆栽裡開得「一定」很鮮豔的花朵，振奮著人心。店面的展示玻璃櫃內，和蛋糕實物「可能」分毫不差的模型，以及可愛的角色開心地截取電影一幕幕的經典場面。

無法斷定。在戴著深色太陽眼鏡的花穎眼中，主題樂園就像創建初期的照片一樣，接近黑白狀態。只要能隔離彩度，單純應付光度強弱，半天的程度還在花穎可以忍耐的範圍內。

雖然不能確定真一郎對壹葉做了什麼，但花穎有責任向她贖罪。

「壹葉小姐，您有想去的地方嗎？」

花穎拿下太陽眼鏡，極力保持笑容和壹葉說話。不知不覺用了敬語。

那些需要排很久的設施，似乎先去拿預約券比較好。根據赤目的指導，由於今天是星期天，又已經過了中午，用預約券能搭到兩樣設施就算不錯了。

壹葉在膝上展開園區地圖，仰望花穎。

「我沒有特別想玩的設施。」

「咦？可是妳想來遊樂園吧？」

「是的。我只是想和真一郎老爺平常地走一走而已。」

壹葉純粹的心情加重著花穎心中的罪惡感。雙頰泛紅的壹葉，完全是戀愛中的少女不是嗎？

「很抱歉，家父做了不負責任的約定。」

「對不起。我說這些沒有那個意思。我想要散步，想吃……」

「吃？」

壹葉的聲音中斷，身體前傾，花穎擔心她是不是不舒服，鎖住輪椅車輪後，繞到前方。花穎半蹲在壹葉身前，抬頭看著她的臉。壹葉露出吃驚的表情，雙手捧著臉頰害羞地低下頭。

「我想吃吃看點心。平常家父家母禁止我在外面買東西吃。」

臉蛋變得通紅，壹葉像是無法忍受花穎視線似地閉上了雙眼。

花穎在發現自己看到的色彩跟別人不一樣之前，會和父母一起外出，也一起去過遊樂園。或許是有得到父母的許可，從學校回家的路上，鳳也會陪他買東西吃。

發現自己跟別人不同後，因為不會想主動出去外面，所以很少有必須忍耐什麼事情的經驗。

能有這種心情，都是因為父母和鳳對他的體貼。

『花穎少爺，身為紳士必須對女性溫柔。』

『身為森四，必希對女性溫樓。』

『要認真學習，盡情玩樂喔。』

花穎想起了小時候鳳那雙牽著自己的溫暖手掌。他盯著自己偏薄的手掌，重新戴上太陽眼鏡。

「妳有過敏嗎？」

「不，沒有。」

「那我們就在園裡面散步，從頭開始去品嚐喜歡的點心吧。」

就像鳳為花穎做的一樣。雖然很氣父親的逍遙自在，但這也是繼承的內容之一。

花穎伸直身體，繞回輪椅的後面，解開輪胎鎖。

「那個，花穎少爺。請看這個。」

壹葉戰戰兢兢地遞出一張紙。似乎是列印著什麼內容的紙張。花穎收下紙攤開後，感到一陣輕微的昏眩。

「我問了家裡的小褓姆（nurse maid）有沒有推薦的店。」

準備周到的小褓姆在佔地五十一萬平方公尺的園地各個角落寫下註記。包括菜單和口味種類、怎麼搭配會更好吃的各種細項。麻煩的是，她推薦的攻略順序是來來回回園區東邊西邊，很沒效率的路線。

「花穎少爺。」

壹葉不安地望著花穎。

父親欠的債。要像鳳一樣。今天是要逗她開心的日子。

花穎像是念咒語般地反覆用這幾句話鼓勵自己，壓下輪椅的把手。

「走吧。我們有很多時間。」

「謝謝你！」

雖然深色的鏡片消去了周圍的色彩，但是壹葉如花朵般綻放的純真笑容，傳達出她的喜悅。

花穎避開人群，彎進左邊的商店街，目標第一個販賣攤車。

從吉拿棒、鬆餅、派等甜點開始，到麵包甜筒、豬肋排、墨西哥捲餅、漢堡、中華肉包、春捲等鹹食，再加上波蘿麵包、熱狗和冰淇淋，連關東煮都集到了，實在是感佩不已。

九歲的壹葉當然不可能全部吃完，她只取一口的份量，其餘的都交由花穎來吃，因此儘管走了相當長的路，還是來不及消化肚子裡的食物。

「未來區裡，好像有期間限定的櫻花爆米花。」

壹葉看著地圖，眼睛興奮得閃閃發亮。

雖然到處都看得到販賣爆米花的攤車，但不同地點販賣的口味和塑膠製的盒子形狀都不一樣，排隊的人數也隨之不同。

「未來區的話，就是要穿過城堡，在另外一邊對吧？」

「地圖上寫說爆米花盒是做成櫻桃的形狀，盒子和爆米花都有搭配櫻花設計。」

女生好像很喜歡的樣子。

花穎推著輪椅，穿過遊行隊伍的後方，來到了未來區。未來區街道上散布著金屬攤車，販售著帽子和玩具，靠近入口的一隅飄著櫻花葉的香氣。

「隊伍似乎排很長的樣子。陽光會不會太熱？」

「我沒問題。謝謝。」

壹葉搖搖頭回應。

「花穎少爺不累嗎？家裡的人因為擔心，在輪椅上塞了水和替換衣物，很重吧？」

「原來如此……」

花穎下意識地看了輪椅下的架子。雖然不清楚九歲女生的平均體重，但他一直以為應該是輪椅沒有使用輕量金屬的關係，感受到的是輪椅本身的重量。原來輪椅下還裝著其他物品。

「對不起。」

壹葉沮喪地低下頭。花穎急忙環顧四周。

「啊！看到前排隊伍了。爆米花盒好像是兩個一組會變成櫻桃的形狀喔。」

「哇！」

壹葉抬頭看著攤車，瞬間綻放燦爛的笑容。

直徑大約十五公分的紅色球狀盒體上，有著櫻花設計，還各自附上男生和女生的吉祥物角色。連在一起拿是櫻桃，拆開接合的部分，從肩上垂下單邊盒體，就成了適合小學女生的小肩包。

「一包爆米花。要附盒子。」

花穎付了錢，工作人員弓著身體，將盒子交給壹葉。壹葉用小巧的雙手收下盒子，眼睛彷彿有星星散落般閃閃發亮，眼神充滿光彩。

花穎離開攤車，因為覺得移動來移動去沒辦法吃東西，便將輪椅停在長凳旁。然而就算輪椅停下，壹葉也只是開心地盯著盒子瞧。

「我幫妳打開吧？」

「沒關係，先這樣放著。」

壹葉說著，就像小孩玩心愛的娃娃一樣，讓爆米花盒放在自己身邊，撫摸它充滿光澤的表面。

「花穎少爺，雖然拜託你這種事很厚臉皮……」

「什麼事呢？」

花穎回問，但壹葉卻猶豫著下文，握緊了膝上的蓋毯。花穎將太陽眼鏡滑下鼻梁，連同顏色一起看著壹葉。

壹葉抿起櫻桃色的雙唇。過了好長一段時間，她終於開口，宛如從水面下探出頭來般吸了一大口氣道：

「可以請你將一個盒子交給真一郎老爺嗎？」

壹葉聲音顫抖著遞出一半的爆米花盒。她以真摯的眼神專注地看著花穎，深怕被他拒絕似的。

花穎從來沒看過如此純粹的心意。

壹葉越坦率，花穎內心的罪惡感就越沉重。

真一郎對她做了什麼呢？萬一，是做了法律不容，會為烏丸家帶來災禍的不正當之舉，擔心被發現才讓出一家之主，逃到國外的話……

「家父對妳……」

（我想問什麼？）

表現了愛戀之情嗎？還是只是因為同情說了一些場面話呢？

他無法讓壹葉回答這個問題。

「謝謝，那我先拿著。」

見花穎收下盒子，壹葉放心地舒展了眉頭。

「在花穎少爺眼中，真一郎老爺是怎樣的父親呢？」

「咦！」

花穎不知所措，下意識地發出疑惑。這幾年，兩人見面的次數屈指可數。

「雖然不太清楚別人的父親怎麼樣，但對我來說他就是普通的父親。周遭的大人好像說他很奇怪吧。明明很會交際，身邊總是圍繞著人群，但好像又哪裡有些隔閡……不過本人倒是完全不介意。」

思緒沒有經過整理，想到什麼就說什麼之後，飄浮在花穎心中軟綿綿的棉花糖逐漸剝落，看到了中間像糖果一樣、宛如砂糖般名為真一郎的集合。

「家父雖然喜歡人，但我想他或許也喜歡獨處。小時候，我常常從臥房的窗戶看到他在二樓陽台眺望星星的身影。」

印象中，因為父親的側臉總是很幸福的樣子，才能讓花穎回到床上安心地睡覺。

（沒錯。）

真一郎雖然奇怪，但卻是個單純、對他人誠懇的人。小時候花穎一哭，他會比花穎還難過地動搖，兩個人一起接受母親的安慰，然後只有真一郎會稍微挨點罵。

那樣的真一郎，即使對象是小孩子也不會隨便應付。

「壹葉小姐。」

真一郎會遵守和壹葉的約定。正當花穎想這麼說的時候——

「壹葉小姐？」

花穎繞到輪椅前。

壹葉弓著上半身，整個人縮起來，露出痛苦的表情，呼吸紊亂。

「我沒事。稍微休息一下就好了。不好意思讓你擔心了。」

花穎直到現在才注意到壹葉必須坐在輪椅上的事實，以及自己沒有先確認她有沒有隨身攜帶藥品之類的東西。是花穎經驗不足和思慮不周。

「我現在聯絡妳家──」

「不行。」

壹葉把小手放在花穎取出手機的手腕上。

「家父家母知道的話，會把我帶回家的。我真的只要休息一下就好。」

壹葉的指尖冰冷，但是想要傳達的心情卻為她的手灌注了強大的力量。距離他們不遠處還響起了小孩跌倒的哭喊聲，讓如此痛苦的壹葉發笑。

花穎抓著園內地圖，跟著跌倒的孩子跑向用掃帚清掃散落爆米花的工作人員身邊。

「不好意思，請問醫護室在哪邊？」

聽到花穎詢問，工作人員停下打掃工作，邊擔心壹葉邊指著地圖。

「在這個設施的左邊。雖然入口沒有標示，但向附近的工作人員說一聲就會引導你們過去。」

「謝謝。」

道完謝，花穎推著輪椅急忙往工作人員指的設施前進。

「花穎少爺，對不起。」

「不用道歉。別道歉。」

「對不起。」

花穎來到遊樂設施長長的人龍前，停下輪椅。

入口的工作人員又是忙著測量小孩的身高、還要為彎曲的隊伍拉起排隊繩。花穎移動視線想尋找其他工作人員，發現設施入口的左側，有個較為空曠的地方。

看起來是優先預約券的自動發券所。發券機罩著布，垂著寫有「今日預定張數發行完畢」的板子。

那裡站著一名男性與女性，跟剛剛的工作人員穿著相同的制服。

「不好意思，我們想去醫護室。」

花穎一說完，兩人看著輪椅上縮成一團的壹葉，馬上對應道：

「啊，糟糕。」

「我幫您推吧，請往這邊移動。」

女性工作人員推著輪椅，男性工作人員先進入設施裡面。

花穎覺得有哪裡不對勁。

園區內，很少看到有兩名以上的工作人員一起行動。每個工作人員都有自己的工作，不會在遊客看得到的地方休息。

這兩個人剛剛什麼都沒做，就只是站在那裡。

花穎快步縮短漸漸拉開的輪椅距離，斜眼看了看經過的建築物。

「那邊有一扇要輸入密碼的門，我們不是要去醫護室嗎？」

「……」

花穎開口後，男子放慢了腳步，女子回過頭。女子以染髮來說太過漂亮的金色髮絲迎風飄揚。

他們周圍已經沒有遊客、其他的工作人員，也沒有遊樂設施和攤車了。

「你不用跟過來也沒關係喔。」

女子說道。

果然很可疑。

「不可能不一起過去吧？你們打算帶她去哪裡？」

花穎提出質問。如果是他誤會，事後再道歉就好。

然而，女子遮住眼睛的帽子陰影下，線條姣好的嘴唇勾起了彎月的形狀。

「那就一起吧。」

「！」

視線被遮住，雙手也遭綁在後面。一道細長銳利的痛覺壓著手腕。

「壹葉小姐！」

花穎知道臉上套著的是布袋，還能夠自由地呼喊壹葉。

「敢亂來的話，就別想再見到這位小姐了。」

「花穎少爺——」

壹葉痛心的聲音不自然地中斷了。

「怎麼……！」

然而，對方沒有給他反問的餘裕。從蓋住臉的布袋上，花穎的嘴巴被往後勒起了布條，一個不注意，連呼吸都會不順暢。

花穎被丟進一個陰暗狹窄的地方。

堅固的牆壁和地板傳來輪胎的震動。

※

送花穎離開後，衣更月和司機駒地原本預定要在車內待命。

銀色盤子上放著三個小碗，是典型的 thali 盤。三種咖哩搭配囊餅、印度香料烤雞，再加上一杯印度優格奶昔。

「嗯，不差。咖哩就是要配囊餅。」

赤目用撕下的囊餅漂亮地撈起蝦子品嚐一番後，浮現大大的笑容。

駒地是從二十五歲開始，十年來老老實實擔任司機一職的男子。因此，工作中在主題公園內用餐讓他產生一種不道德的感覺，視線焦慮地飄移，錯把咖哩當水喝下，張著口眼眶泛淚。

衣更月雖然也覺得怪怪的，但由於還不到影響表情的地步，就算是超辣咖哩也能堅持一副置身事外的表情。

飛鼠褲和帽T搭配皮夾克的輕裝男子與兩名西裝男的組合，就算是在夢之國的鄰國——幻之國 Dream Scene，也都充滿了不真實感。周圍忍不住回頭的視線，具體道出了他們的奇特。

「反正你們到五點前都很閒吧？就陪陪『老爺的朋友』吧。」

赤目將玻璃杯遞給不停翻白眼的駒地。駒地快要斷氣般地道謝，不疑有他，含住吸管，但杯裡不是他的優格奶昔，而是赤目點的碳酸飲料。

辣是一種痛覺。碳酸的氣泡大概在因辛香料而發痛的口中彈跳吧。個性善良的駒地別說是抗議了，根本不知道發生了什麼事。他彎著背忍住聲音，拿紙巾壓著眉眼。

「小駒，你在各方面都太失誤了。」

「小、小駒……不好意思。」

才剛認識幾個小時就突然那麼親暱，今天就算不是駒地，也會懷疑自己的耳朵。而且，對方不但是位名門大少爺還是知名企業的CEO。

「花穎少爺沒問題吧？果然還是該讓衣更月執事同行比較……」

駒地整個人萎縮成一團，用湯匙前端撈了芝麻粒大小的咖哩，以輕啜的方式進食。

「你看看。」

赤目拿摺起來的園區地圖拍了駒地的額頭。

「約會還帶執事，這是保護過度吧？在熱狗前擺銀製餐具是要試毒嗎？不要讓小姐丟臉啦。」
「但……但是……」
「還是說，烏丸家面對了必須帶著保鑣的敵人？」
赤目的笑容感覺與之前略微不同，像是帶著靜電一般。
滴水不露，無懈可擊。衣更月以紙巾擦拭嘴角，延遲回答的時間。
以自由豁達的態度擺出一副不受頭銜拘束的面孔，一看到目標便悄悄地露出獠牙，換上野獸的眼神。
（不這麼做就無法勝任CEO嗎？）
衣更月明白，將無傷大雅的回答含在嘴裡。
不過，口袋裡智慧型手機的震動卻打斷了他準備說出的答案。
「不好意思，是家裡來的電話。」
「哦？是聯絡上真一郎先生了嗎？」
赤目沒有擺出執著於問題答案的樣子。至於是沒興趣還是避開深究隱藏的真正企圖就另當別論了。
衣更月離開餐廳，走到重現阿拉伯風情的街道上。

「喂？我是衣更月。」

『我是峻。我們剛剛接到電話。』

「是真一郎老爺嗎？」

『不是！』

電話另一頭的峻放大音量，彷彿被這樣的自己嚇到般，接著幾聲難以形容的聲音後，峻開始哽咽。

跟母親葉繪那能讓溫厚的真一郎說像恐怖電影裡的居民氣質相比，峻是個坦率而情感表現豐富的人。不過，虎父無犬子，峻的本性沉穩，若不是發生什麼大事，不會這樣慌了手腳。

「冷靜一點。」

峻彷若沒有聽到衣更月安撫的聲音。話筒傳來了窸窣聲後，一道不同於峻，響徹骨髓的低沉嗓音接著說：

『我是桐山。』

是往返烏丸家工作的園丁。體格魁梧，年約四十多歲，創造過將庭院中遭雷擊斷的松樹獨力搬運的傳奇。大部分的事情都不會令他動搖，衣更月心想這下可以完整聽取事情原委了。

『對方沒有說是誰。只說收下了花穎少爺，要我們等下一通電話。』

這段內容一點都不完整。

「也就是說，花穎少爺被綁架了嗎？」

『……看來是這樣。』

桐山沉重地肯定。

衣更月用力握緊拿著手機的五根手指。

4

花穎重見光明是在換了好幾次交通工具，最後從類似推車的東西上被放下來之後。

這裡看樣子是間木屋。原木堆疊而成的牆面以及木頭地板，大概比花穎的臥房略寬，霧面玻璃窗透著陽光。邊角被磨圓的桌子旁，老椅子的椅腳長短不一，花穎只是稍微移動一下重心便傾斜得發出咿軋聲。

屋裡有兩扇門。一扇是位於花穎椅子後方的入口，另一扇是暖爐後的洗手間。

暖爐裡堆著柴火，前方雜亂地疊著睡袋和毯子。

綁在手後的繩子被切斷，花穎的雙手恢復了自由。

「等一下讓你們按順序打電話。」

換掉一身遊樂園制服，改穿皮製連身工作服的女子戴著防毒面具，向兩人丟下這句話後便離開了木屋。

聽到門上鎖的聲音後，花穎朝壹葉的方向移動。

「壹葉小姐。」

「花穎少爺。」

被取走輪椅，身體靠在椅背上失去意識的壹葉，緩緩睜開眼睛，當看到花穎後再度垂下頭。

「對不起。都怪我，才會連你也被抓來。」

「不是妳的錯……」

正當花穎打算蹲下時，壹葉緊抱著站在她身旁的花穎身軀。花穎雖然反射性地想後退，但一後退壹葉就會從椅子上跌下來。

壹葉將臉埋進立在原地的花穎腹部，開始啜泣。

「對不起，對不起。」

（有妹妹的話，就是這種感覺嗎？）

面對毫無防備、全身倚靠在他人身上的壹葉，花穎束手無策的同時也感到一股責任感，他以不熟悉的姿勢用手掌僵硬地輕撫壹葉的頭。細柔而充滿光澤的頭髮，令花穎想起壹葉還是個年幼的孩子。

此時，從木屋外踢門的聲音與震動同時發生，門鎖解開，大門開啟。

壹葉立起身，花穎回頭看到穿著西裝頭戴防毒面具的男子反手關上門，雙手插腰，氣勢洶洶地站著。

「過來。要讓你們打電話給家裡。不知道你們還活著，就不會給贖金。」

男子帶刺的語氣令壹葉像受驚的小貓般縮起身子，抓著花穎的衣角。

花穎深呼吸，面向前方。

「兩個人都去？」

「分開打。」

「知道了，我先去。」

語畢，花穎鬆開衣角上壹葉的手。

男子從口袋裡拿出束線帶，將花穎的手腕併攏在前方，以布袋套著他的頭，幾乎是用拖的把花穎帶出了木屋。

鞋底是踏著木板的觸感。他們似乎走在棧橋上。頭上麻袋的味道太過強烈，以至讓花穎無法分辨其他味道。

「往前走。」

只要花穎稍微走得慢了點，男子便會以細長的堅硬物品戳著背趕他。從聲音的距離看來那似乎不是手槍，但就算是鐵管也足以奪人性命。

前方傳來開門的聲音，花穎跌跌撞撞地被逼上了樓梯，直到被迫坐下才發現有張椅子。取下遮住眼睛的袋子後，花穎發現自己處在一個類似剛才構造的木屋裡。

這裡的暖爐裡埋了一台煤油暖爐，屋裡有另外三張和花穎所坐相同的椅子，花穎他們的隨身行李則翻倒在桌上。

一座彷彿老派美式電影裡會出現的復古電話，電話線從牆壁一路延伸到桌上。大概是從手機裡看了電話簿吧，淺灰色的電話機上貼著便條，上面寫著花穎家中電話和衣更月的手機，以及恐怕是久丞家的室內電話。

皮製工作服女子雙手交叉地站在門前。

男子拿起話筒，按下鬆鬆的號碼鍵，說了兩三句話後，把話筒塞給花穎。

「說話。」

「…………」

在束線帶的綑綁下，花穎以只能同時動作的雙手收下話筒靠近右耳。

「喂？」

『是的。』

「衣更月嗎？」

『花穎少爺。』

衣更月在電話那頭的聲音，一如往常得到了令人討厭的地步。反正花穎給他的那條綠色領帶也是被塞在抽屜裡動都沒動吧。衣更月是個覺得主人沒有價值的執事。

「別擔心，我沒事。」

花穎搶先一步煞有其事地回答了沒有人提出的問題。衣更月的聲音裡沒有增加一絲喜悅。

『我們馬上去接您。』

「慢慢來就好喔。好險我吃了點心，現在非常飽。」

『……您在糖果屋裡嗎？』

「葛麗特也在。」

衣更月傳來無言以對的氣息，花穎剛回了個玩笑，西裝男便拿起話筒。

「不要說些沒用的話。金額要全部，和家人商量籌好錢吧。但要是跟警察說，就不保證他的性命安全了。」

男子單方面說完一連串話後，用力放下話筒。桌上的老舊電話彈了一下，沒對好的話筒傳來嘟——嘟——嘟的機器聲。

目標是錢的話，花穎就無事可做了。

也不能做任何事。

再度被遮住眼睛，通過木板。粗暴地被拿下布袋後，花穎才知道自己回到原來的木屋了。

花穎比男人早一步走到壹葉身邊，盯著表情仍泫然欲泣的女孩。

「太好了，花穎少爺。你沒事。」

「我想妳應該也學過，以贖金為目的的綁架中，只要聽犯人的話，獲救的可能性並不低。殺人對犯人來說既麻煩又容易被找到。」

這句話一半是講給壹葉聽，一半是對犯人的牽制。彼此都不要做多餘的事，只要達成目的便能獲救。自懂事起鳳就是這樣教花穎的，實際上，包含未遂，他已經有三次因此而生還的經驗。

這次要說有哪裡不一樣，就是有壹葉同在，以及犯人本來的目標就是她。複數的人質會綁手綁腳，也有可能造成特別的威脅。

「我帶妳去。」

男子雙手抱起壹葉離開了木屋。

壹葉的身體能撐幾天呢？

（只要早點完成交付贖金……）

花穎抱著祈禱的心情，抬頭看向漸漸變暗的霧玻璃。

※

犯人的電話掛斷。衣更月一放下話筒，吞著口水在一旁陪著的傭人們，同時吐出了沉重的嘆息。

「花穎有受過訓練吧？」

在與執事工作間相連的執事客房裡，赤目正剝著橘子皮。那是園丁桐山自己種興趣而送給烏丸家的橘子。

赤目指的，是遭綁架時的應對訓練。

幸福會招來別人的惡意。

據說，人類憎恨的根源大多存在著嫉妒。越是值得喜悅的事情，越只能跟真正對自己好的人坦承，許多先人都憤懣地這麼說。

烏丸家也從不張揚自己是名門世家，甚至連財產都沒有公開。即便放眼全世界，聽到烏丸兩個字腦袋裡會閃過真一郎和花穎名字的人都非常稀少吧。

其中大部分是擁有相同立場的人。

還有一部分是只顧私欲的不法之徒。

面對無可避免的災難，必須學會應對方法。花穎也的確受過訓練。

之後，只要衣更月他們應對不要出錯，花穎和壹葉就能平安獲得釋放。

「我們有辦法準備贖金。由於有保綁架險，之後也可以獲得補償。」
聽到衣更月的話，圍著工作檯的峻、葉繪、駒地和桐山的眼睛都恢復了活力。
「那交贖金的時候怎麼辦？既然犯人是在不知道花穎是『烏丸』的情況下抓他的，若是輕易動員太多人，會被認為是警察吧？」
好不容易浮出水面的四人，再度因赤目的一句話沉入深淵。雖然葉繪本來的氣質就很陰鬱而難以分辨，但她現在就像紫紺爆發般嘴唇發紫。
「說什麼『和家人商量』，現在根本聯絡不到能夠商量的家人。」
峻微弱的聲音裡透露著憤怒。
「峻，犯人不知道我們的狀況。」
「知道應該也沒差吧。」
赤目將駒地的好意化為泡影後，把剩下的三片橘子連著纖維一起放入口中。
「喂！」
「桐……桐山先生。」
峻和駒地急忙阻止一臉可怕地瞪著赤目的桐山。赤目一副自己什麼都沒說的樣子，將手伸向第二顆桐山種的橘子。

「啊……」

葉繪抬頭看向執事工作間的牆壁。門旁垂著幾組呼叫鈴，它們左側的一個紅色小燈泡亮了起來。似乎有人按了廚房後門的門鈴。

正當衣更月要起身時，葉繪搶先一步，指尖伸向房門道：

「我去。」

葉繪快步離開執事工作間。

現在是晚上七點，大概是宅急便吧。

衣更月將懷錶收回口袋，拉開椅子道：

「吃飯吧。」

「衣更月執事？」

峻驚訝地回頭看向他。

「我們難以肯定今晚會不會有下一通電話吧？當然，必須輪流守在電話旁，但若是我們倒下動不了的話，原本能幫忙的事也都幫不上了。」

「……說得也是。」

似乎是情感上還不能接受的緣故，峻花了些時間才點頭同意。

「也要幫我準備喔。雖然橘子很好吃，但我想吃飯啊，飯！」

「赤目少爺，您不回家沒關係嗎？」

赤目以輕浮的笑容回應似乎很憤恨的峻：

「完全沒問題。回去也只是寫大學的功課，加上我也很擔心花穎。」

就算事不關己，但他也太豁達了吧？而且，光是學校的功課已經足以構成該回家的理由。

衣更月放棄無謂的反駁，打算等葉繪回來和她討論餐點的準備。

然而，回來的不只葉繪一人。

「有客人。」

從門縫看著站在走廊暗處的葉繪，圍繞在她身上的陰暗氛圍變得更加明顯，彷彿是揑著黑暗做出來的黏土工藝。

葉繪以纖細的手臂大大拉開房門，出現在她身邊的，是一名長髮女性。

雖然以執事而言，衣更月算年輕，但對方看起來和衣更月也相差不大。

延伸至膝下的黑色長裙蓋住了靴子上方，即使穿著附著帽子的外套，仍帶有一股健康、女性的柔軟。而葉繪或許是因為相對身高而言身材太過纖瘦的緣故，才會看起來那樣。

「敝姓藤崎，是久丞家的褓姆。」

「壹葉小姐的……」

衣更月瞬間有些猶豫。

別家的傭人是要帶到執事的客房內。然而，現在的執事客房有赤目在。雖然褓姆和執事、女管家同為高等職位，但和別家的主人同席是不禮貌的。儘管如此，也沒有把客人留在工作間的道理。

「喔，小藤子。」

「刻彌少爺。今天早上壹葉小姐承蒙關照了。」

「我只是跟著她過來而已。」

看樣子赤目和藤崎互相認識。

「衣更月，如果是因為我，不用介意沒關係喔。」

赤目笑著招手。雖然很會察言觀色，言行舉止卻很可疑。

雖然衣更月也想請赤目到外面的客房，但本人卻沒有移動的意思，便保留了正式的應對。

「請進。」

衣更月邀請藤崎入內，藤崎浮現了溫柔的笑容說道：

「久丞家沒有要和烏丸家聯手的意思。」

笑容和話語的向量，漂亮地朝著完全相反的方向。

沒把驚訝得僵住的眾人放在眼裡，藤崎沒有上妝的臉龐保持微笑繼續說道：

「犯人的目的是壹葉小姐。我聽說烏丸家連同主人和執事都換成新一代了。在此衷心地希望烏丸家不要輕舉妄動，擅自報警讓壹葉小姐陷入危險。」

「衣更月執事。」

峻眉頭皺成八字望著衣更月，駒地和葉繪也依賴地看著這邊。

衣更月斟酌用字，回覆事實：

「我們也必須設法讓花穎少爺平安歸來。」

「只要不危及壹葉小姐，請便。」

「…………」

「打擾了。」

藤崎微微一笑，輕巧地轉動剛才頑固得不動一步的雙腳。

葉繪連忙追上前送她離開。

「不愧是小藤子。」

「似乎是意志很堅強的人呢。」

「要看從哪方面想囉。」

赤目揶揄的是藤崎還是衣更月呢？不想去深思這種事。衣更月捏著眉心閉上眼，調整呼吸與心情。

不靠久丞家的幫助平安帶回花穎的同時，也要確保壹葉的安全。雖然很想說乾脆全權交給久丞家負責，請他們一起救出花穎，但是看藤崎那個樣子，真要二選一的時候，恐怕會拋棄花穎。

「歡迎回來。」

葉繪回到執事工作間。

「久丞家不是和烏丸家有交情嗎？」

桐山把身體重重坐在圓凳上，發洩不滿。

「久丞家致力於贊助企業，不得不說，和以贊助文化事業為主的烏丸家交情並不深。」

「久丞的投資很浪漫呢，真好。」

比起壹葉，赤目感覺更喜歡久丞，在前往 Dream Kingdom 的車上，也和花穎說了這件事。

「總而言之，他們並沒有阻止我們交付贖金。我會試著想辦法聯絡鳳總管。雪倉太太，可以請妳準備大家的晚餐嗎？峻去拿預備的用布。」

雖然衣更月下了指示，峻卻心不在焉，一副沒有在聽的樣子。衣更月輕輕在他的耳邊彈了下手指，峻才宛如還魂似地聚集了目光的焦點，突兀地說道：

「犯人是順便綁架花穎少爺的對吧？」

「峻，不可以把花穎少爺講得像附屬的一樣。」

「可是，媽，如果犯人不知道真一郎老爺，別人去他也不曉得啊。」

聽到峻的提議，眾人露出恍然大悟的表情。

「Good idea，峻太。這個有趣！」

赤目高興得拍手。峻則一臉複雜，心中既有獲得贊同的喜悅，卻又想反抗亂喊自己名字的赤目。

「衣更月執事。」

葉繪的打探眼神同時擔心著兒子與花穎，一副快昏過去的樣子。

衣更月操作著智慧型手機，看著果然還是聯絡不上鳳的撥話畫面，下定了決心。

「就做吧。」

「！」

峻和赤目的臉龐散發光彩。

衣更月向擔心的葉繪點頭示意，把視線轉向圓凳。

「桐山先生。」

「不可能。」

回答的速度也要有個分寸。

花穎十八歲。桐山今年四十二歲，以父子而言是最自然的年紀。不過，桐山的寡言確實也是個不安的要素。

「這樣的話……」

峻的視線移往旁邊。眾人也接著將視線的目標重合。

駒地環視著大家的臉，一臉蒼白。

「在下嗎！」

「我記得駒地先生已經三十五歲了，以世代來看，也不是不可能當父子。」
「或許是這樣沒錯……」
駒地雖然在口頭上表示理解，但全身上下卻藏不住地顫抖。
「駒地先生。」
峻以認真的眼神傾訴。葉繪與桐山也都屏息等著他的結論。
「……我知道了，為了花穎少爺。」
駒地的聲音帶著力道。雖然外頭一片低溫，他的眼神卻帶著熱度。
「我來負責打扮。只要像去教學參觀日就可以了吧？」
「帶點疲憊的感覺比較好喔。因為擔心，從工作地點趕回來那樣。」
「我的鞋子借你。司機的皮鞋太乾淨了。」
峻、葉繪和桐山全員出動為桐山做準備。
衣更月靜靜地離開他們身邊，移往客房的方向。
「赤目少爺，您的功課沒問題嗎？」
「嗯？」
赤目從智慧型手機抬起頭，張嘴打了一個大呵欠。朝後方仰頭的他看見了什麼東西，反轉身子，重新坐回椅子。

「喔，衣更月，你有一條好領帶呢。」

赤目伸手從日用品架上拿出來的，是條綠色領帶。

「這不是春季的訂製服嗎？」

「……是花穎少爺給我的。」

「啊——」

赤目擺出理解的表情。

「花穎很沒有自知之明耶。完全不知道別人是怎麼看自己的。」

「是。」

衣更月從赤目手中收下綠色領帶捲在木芯上，放回日用品架。

「如果身上打著這樣的東西，會讓人質疑我的品味。」

一走近窗邊，夜晚寒冷的空氣便貼近身體，奪走人的體溫。

在隔壁熱烈討論的同事們對衣更月來說，感覺十分遙遠。

5

霧玻璃外明亮起來。是介於寒冷與溫暖之間白色的光。

壹葉不知道是第幾次地被帶出去打電話給家裡，大概過了幾十分鐘吧。

（這次好久啊。）

花穎繞著房間的邊緣，從一個角落走到另一個角落。運動不足會降低思考能力，也會使心情低落。

「啊。」

一邊看著用輔助鎖固定的窗鎖，一邊將目光朝四周移動時，花穎在暖爐後看見一張落下的紙。

遊樂園的地圖。是隨身行李被拿走時掉落的吧。歡樂華麗的印刷讓人覺得空虛。明明才是昨天的事，現在卻像令人懷念的久遠過往。

「過了一天，肚子餓了啊。」

花穎停止運動，把頭放在桌上。

桌上有犯人擺的固體類營養食品和傾倒的礦泉水。看來他們不打算讓人質挨餓。桌上的食物分量讓花穎和壹葉正常吃一個月也不用擔心，就算以兩個人吃三餐的程度消耗食物，也不會影響食物塔一角。這應該不是未來的食物供給，而是隨便分一分叫他們吃的意思吧。

「比起甜點，我比較想吃鹹的東西。」

花穎喃喃自語著奢侈的願望，就快要睡著的時候……

「起來。」

大門突然間打開，花穎遭男子拉起身。剎那間——

聲音在花穎的耳畔四射。

一片混亂中，花穎遭皮製工作服女子，赤手狠狠打了一記耳光。

「唔！」

下意識吐出呻吟聲的花穎緊抓椅背，女犯人朝花穎嘖了一聲，將手機貼在耳邊。

「聽到了吧？想要他平安獲救，就遵照我們的指示。」

結束通話，兩人準備離開。花穎抓著椅子，抬起暈眩的腦袋問：

「不說明一下嗎？」

聽到花穎的問題，女子從門口回頭道：

「有個完全不相干的人裝成你的家人來付贖金喔。要恨的話，就恨那傢伙吧。」

女子像是嚥不下這口氣似地以靴子的鞋底踹了柱子一腳。男子抓住女子的手臂出去時，傳出了花穎聽不懂的罵男子的外國話。大門被重重摔上。

「……那傢伙……」

花穎在椅子上坐下，趴向桌子。

不久，大門再度打開，男子讓壹葉坐上椅子後又回去了。

「花穎少爺，發生什麼事了？」

壹葉臉色發青，以近乎尖叫的聲音問道。

不，應該不只是因為看到花穎挨打痕跡的緣故。壹葉臉色蒼白，完全失去了紅潤。久久沒回來，是不是因為身體狀況惡化了呢？

花穎坐正，一臉若無其事。

「聽說是假家人來付贖金。大概是我們家裡的人吧。沒有被當作警察就萬幸了。」

「因為這樣就打您的臉嗎？」

「好像是想讓電話那邊聽到的樣子。沒事，聲音大的話，反而不會那麼痛。」

「這樣嗎？」

看來，疼痛的大小似乎不能安慰壹葉。她難過地垂下眼簾，令人心疼地擠出微弱的聲音說：

「花穎少爺家裡的人為什麼要這樣做？」

「誰知道呢？我也不懂那傢伙在想什麼。」

「那傢伙？」

「執事衣更月。」

向小孩子抱怨實在是太丟臉了。雖然這麼覺得，但只要一回想起衣更月泰然自若的厚臉皮便格外火大。花穎從椅子上起身，遷怒似地重新疊起暖爐前的毛毯。因為整理東西會有一種心情也獲得整頓的感覺。

「他不承認我是主人。領帶也是一次都沒打。」

「領帶？」

「禮物……雖然也不到那個程度，因為他準備的領帶跟我不搭，所以我問他要不要用我的。」

現在想起來，可能會被認為是自己把不要的東西塞給他。

花穎將毛毯的四邊對齊摺好，疊好兩條毛毯後，變得無事可做，因此他把塞進收納袋裡的睡袋抽出來，從邊緣擠出空氣，慢慢地捲起睡袋。

「花穎少爺，請恕我多嘴，但我覺得衣更月執事不會打那條領帶。」

連壹葉小心的語氣都能重重壓在花穎的脖子上，令他垂頭喪氣。即便從旁人的眼光看來，衣更月冷淡的態度似乎也很清楚。

「那麼明顯嗎？連妳只看過他一下就知道了？」

「一下？啊，不是的。我以前見過衣更月執事好幾次。因為他是真一郎老爺的男僕。」

「這樣啊。比起我，他跟妳認識的時間比較久呢。」

花穎把變成木蝨狀的睡袋放入收納袋裡，拉緊袋口的繩子。摺得小小的睡袋一離開花穎的手中，在袋裡獲得空氣後，又漲得鼓鼓的。

「花穎少爺您真的什麼都不懂呢。」

如同壹葉所說，花穎什麼都不懂。也沒有人讓他懂。

就連這次綁架，他也處在事外。

「為什麼真一郎老爺會……」

壹葉驚慌地雙手蓋住嘴巴，擋住無意間吐出話語。她縮在椅子上，向前的髮絲遮住了臉龐。

「對不起。」

「不會。」

花穎沒有厚臉皮或厭世到，對年紀只有自己一半的少女的顧慮也毫無感覺。但他卻什麼都不能做，只能感受自己無力感的痛擊，一句話也說不出來。花穎將摺好的毛毯蓋在壹葉的膝上。

「對了！令尊是個怎麼樣的人呢？」

「咦？」

壹葉吸了吸鼻子。

「妳聽我說了家父的事情吧？也讓我聽令尊的事吧。」

花穎坐在地上立起一邊膝蓋，從近處抬頭看著壹葉。

花穎在心理學的課堂上學過，發出聲音可以讓人將注意力移向外圍。尤其是女性，與談話內容無關，光是說話這個行為本身便能放鬆心情。如果只是聆聽與回應，花穎也可以辦到。

雖然突然的發展令壹葉疑惑了一下，但當花穎坐下後，她開始一點一滴，斷斷續續地說道：

「家父很溫柔，也很嚴格。雖然生氣起來有時候會有點……會很恐怖，但就算害羞也會對家母和我說，我們是全世界最重要的。」

「令堂呢？」

「家母很喜歡念書。大學的時候主修宇宙工學，沒有特別計畫的假日，她會帶我去JAXA和NASA的設施。」

「因為這樣，妳才沒去過遊樂園吧。」

花穎暗自鬆了一口氣。因為他原本擔心要是家庭關係不睦，壹葉講煩了的話，要怎麼轉移話題。

「是的。聽說爸爸媽媽是在大學認識的。所以他們跟我說要好好念書，靠自己的力量去遇見未來生命中重要的人們。雖然媽媽現在也會去大學聽教授上課，但已經放棄從事宇宙相關工作，所以爸爸說他要代替媽媽加油。」

「代替？」

要為放棄目標的什麼加油呢？花穎思考著，想起了在車上時從赤目口中聽到的久丞家事蹟。

「久丞家一直致力於宇宙開發事業的投資對吧？」

「是的。在日本、美國和俄羅斯還有歐洲都有。家父雖然沒有直接跟家母說，但曾經瞞著家母偷偷跟我說過。」

將原本壹葉母親頭腦要貢獻的份，以投資的方式贊助世界。雖然是段浪漫溫暖的佳話，但花穎卻對壹葉話中的另一個部分很介意。

「久丞家有和俄羅斯做生意嗎？」

「雖然聽說 NASA 和俄羅斯聯邦航天局仍有敵對意識，但家父說他們不論哪一邊都是宇宙開發的最前線，因此與兩邊都有合作。花穎少爺？請問我是不是說了什麼不好的話呢？」

看到壹葉為自己擔心的表情，花穎才注意到自己忘記笑容了，他以指尖舒緩僵硬的雙頰。

打了花穎之後，女犯人罵男犯人的外國話不是英文。

（俄羅斯文？如果是這樣的話，那犯人的目標……）

花穎的腦袋像是生鏽的齒輪般嘎吱嘎吱地運轉，渴求著糖分。他在頭蓋骨內側所有資訊和可能性中反覆奔馳。

※

交付贖金的行動失敗了。

犯人指定的地點是只有兩台自動剪票機的小車站。對方要求他們把錢放在剪票口內的置物櫃，從月台把鑰匙越過鐵道丟到藩籬外面。駒地遵照犯人的指示行動。

雖然緊張，但看起來還在孩子遭綁架後父母會表現的範圍內。

然而，駒地丟鑰匙前，在鐵道邊的咖啡店監視周圍情況的衣更月卻接到一通來電。

『你們報警了嗎？』

犯人看出駒地不是花穎的家人。

雖然衣更月向對方表示那是家裡面的人，但不確定對方願意相信他到哪個地步。犯人故意讓他們從話筒裡聽到花穎的呻吟聲。

『想要他平安獲救，就遵照我們的指示。』

電話不容衣更月發問。雖然看到駒地丟出鑰匙，但最後沒有人現身去拿。

駒地認為是自己害的而沮喪不已，沒有下車，峻也自責得關在布品補給室裡。為了幫兩人振作精神，葉繪和桐山開始準備午餐，赤目則跑去廚房參觀。

衣更月留在執事工作間，在電話前等待鈴聲響起。

他們才剛激怒犯人，對方應該不會馬上打過來吧。

小狗在衣更月的腳邊走動。衣更月提醒過花穎好幾次不能讓牠進到屋子裡。

然而，現在花穎不在。是桐山把牠帶進來放在工作間的。

「你也擔心主人嗎？」

一撫摸小狗的頭，小狗便把折起的耳朵靠近衣更月，舔著他的手掌。

直到小狗這麼做之後，衣更月才終於認知到桐山將小狗放在這裡的意義以及自己意志消沉的事實。

因為衣更月失敗了。

因為誤判而令花穎陷入危險。這裡並沒有能確認他安危的方法。

衣更月握緊拳頭，擊向桌面。巨大的聲響和桌腳的嘎吱聲讓小狗跳起來逃到架子下。衣更月以左掌覆上右手的拳頭，緊握到指頭都瘀青的地步。

此時，電話響起了微弱的鈴聲。

衣更月在鈴聲大作前將手伸向話筒，貼近耳朵，不是犯人的那道聲音令他幾乎難以呼吸。

「鳳總管！」

『衣更月。』

鳳沉穩的聲音從衣更月的鼓膜滲進他的血液。

『我聽了語音信箱的留言了。看來贖金交付沒有成功吧？』

「鳳總管。」

衣更月瞪著桌上的木紋，仍然無法壓抑沸騰的情緒，他的指尖緊抓著桌子。

「真一郎老爺在哪裡？」

『身為總管，我無法贊成讓真一郎老爺和犯人碰面。』

「那就請你回來吧。我辦不到。」

『怎麼了？你不是想要只侍奉一位主人，成為頂尖的執事嗎？』

「那是騙人——」

衣更月的耳畔響起了記憶中花穎的聲音，他咬緊牙關，將緩緩而升的呼吸閉在氣管中。

「我被說沒有自稱執事的資格。花穎少爺不相信我。」

不相信也是理所當然的。衣更月在重要時刻做了錯誤的判斷。

「在大家都擔心得不得了的時候，我打算一個人冷靜……結果，若是幫不上忙，就只是一個薄情的局外人。還不如跟大家一起失去方寸還比較好。」

不得主人信任、無法克盡職責、一個個敲碎衣更月身為執事的驕傲，最後他對什麼都不是的自己失望不已。

衣更月一句話也說不出來地陷入沉默。鳳吐出淺淺的嘆息，接著爽朗地笑了起來。

『看來你變得很乾脆了呢，衣更月。』

「！」

感覺像是腦袋裡有泡泡破掉般，衣更月抬起頭。

鑽到架子下的小狗，肚子蹭著地板，一邊搖著尾巴一邊抽出身子。小狗沒有學到教訓，纏著衣更月的腳不放。

以前的衣更月也是如此。

面對遭到好幾次拒絕卻更加緊纏不放的衣更月，一個月以後，鳳終於開口問了他的名字。

『還記得我教你的嗎？』

「跟隨主人、幫助主人、守護主人到最後一刻的，就是執事。」

衣更月回答，自己再補上新的一句：

「——即使主人不相信自己也一樣。」

『很好。』

鳳的聲音微笑著。

6

霧玻璃外，今天也升起了白色的太陽。被帶來這間木屋已經是第三天。

花穎無神地抬頭看著淡淡的光線，偷覷包著睡袋與毛毯睡覺的壹葉。

雖然鼻息很安穩，臉色卻沒有恢復。

背壹葉去洗手間時可以知道，她的體重沒有極速下降。雖然花穎也曾擔心本來就很輕的壹葉會不會因為憔悴，體重下降而危及生命，但看樣子她能好好吃飯。

「過來。」

打開大門，西裝男露出戴著防毒面具的臉孔。

花穎如先前一樣，被套上束線帶和布袋，移動到有電話的木屋。在那裡，犯人給他看了一樣至今沒有出現過的東西。

「他說要你念報紙。」

男子在電話前攤開一面報紙。花穎露出苦笑，垂下左邊的眉毛。

（是衣更月的提議嗎……明明交付贖金失敗了，卻還是冷靜得令人討厭啊。）

如果能念今天的早報，就代表不是錄音而是他還活著的證據。

不用說，花穎他們的綁架沒有登上新聞。花穎從某一面政治新聞的標題開始念起。

『花穎少爺，對不起。』

在念報導開頭的時候，衣更月打斷花穎的朗讀。

可以知道衣更月現在很冷靜。

「我說過了吧？食物方面沒問題。我在韓賽爾和葛麗特的糖果屋。」

花穎一放下報紙，防毒面具男便抓著花穎的上臂把他拉起來。

話筒掉落在桌上。

「你收到他還活著的訊息了吧？」

『……我想我收到了喔。』

花穎瞥了一眼安靜的話筒，自動伸出脖子套上布袋。

※

衣更月離開執事工作間，將小狗放回廄舍裡的狗屋，步向廚房。

「早安。」

聚集在廚房作業台四周的椅子並排著，大家正圍著吃早餐。

三明治和飯糰這類可以冷藏幾天的料理搭配散發溫暖熱氣的洋蔥湯。

峻因睡眠不足眼皮浮腫，駒地頹喪地在桌子的角落小口小口地吃著三明治。把湯和茶分給兩人、照顧他們的是桐山。體型壯碩的他四處走動，使廚房感覺格外狹窄。

葉繪把蛋打在煎好的培根上，蓋上平底鍋的蓋子。

「蛋黃要半熟喔。」

看樣子煎蛋是赤目點的。於客房一夜好眠的赤目一臉清爽。在原本主人的客人不會進入的廚房裡，舉止比誰都還要放得開。

現在的花穎還不能說有主人的樣子，他不成熟，很多事情都不懂，但是反應卻很快。他的問話不是字面上的意思，就算是玩笑，也要下點功夫去解讀其中的含義或是做些變換。

要說他彆扭也的確是彆扭，但檯面下的小把戲有時候也很有用。

「赤目少爺。」

「衣更月，早。吃早餐了嗎？」

身為客人的赤目在不該出現的廚房裡，招呼傭人衣更月吃早餐。他的一舉一動都極為自然、奔放，他讓衣更月等人都習慣了這份奇特。

不協調感是從一開始就出現的。

「赤目少爺，您是為了什麼而拜訪烏丸家的呢？」

衣更月的問題為廚房帶來了寂靜。

赤目有那麼一瞬間露出認真的神情，像是在感受愉悅似地揚起了嘴角。

※

花穎回到關著他們的木屋時，壹葉已經醒來正雙手拿著塑膠杯，姿態端正地喝水。

「花穎少爺。」

聽著背後門上鎖的聲音，花穎擦著手腕上束線帶的痕跡。

「壹葉小姐。」

「是。」

花穎雙手分開，垂下手腕。

「我知道犯人是誰了。」

「咦！」

壹葉放下杯子。杯中的水搖晃著。

「真的嗎？」

花穎把視線停留在如同擺錘般來回晃動的水面。

「昨天支付贖金的行動失敗了。犯人知道桐山或是駒地不管是哪一個家裡的傭人都不是我的家人。我只是因為妨礙他們綁架妳而順便抓過來的人，他們為什麼會知道那麼多呢？」

「為什麼……？會不會是因為他們調查花穎少爺家，取得你與家人的照片呢？」

「真周到。」

對不經大腦而吐出的話語，花穎自己又重新認同了一遍：

「這些犯人的確很周到。在我們去遊樂園之前，已經設下了不讓任何人發覺的陷阱。」

花穎找了一下上衣的口袋，攤開昨天撿到的遊樂園地圖。

「前天我們散了很多步對吧？」

「是的。託花穎少爺的福，我吃到了各式各樣的點心。」

「想出吃東西路線的，是小祿姆之類的？」

「對。」

壹葉無法馬上理解花穎的話似地，歪著頭和細眉。花穎把遊樂園地圖放在桌上，按照吃的順序指出店的位置。

「久丞家的人們不辭辛勞地做了一張標示吃東西路線的地圖，在輪椅上塞了水和替換衣物。我因為覺得有些失禮而錯過了問妳的機會，壹葉小姐的輪椅是跟醫院租的嗎？」

「不，是爸爸買給我的。」

「是二手的嗎？」

花穎接連的問題令壹葉的表情暗了下來。

「請不要誤會。我不是在侮辱妳或令尊。如果是因為受傷暫時要用，租借或是二手輪椅就夠了。沒有使用輕量金屬的舊式輪椅也有其必要吧。但是，唯有一件事我不能當作沒看到。」

買爆米花時，壹葉將仿櫻桃形狀的球體盒子放在自己的旁邊。

輪椅座面放了直徑十五公分的球體還有空間。

非電動輪椅必須倚靠自己的力量轉動輪胎前進，因此若是身體和椅座寬度不合的話，便無法順利抓住輪子。

「那台輪椅對壹葉小姐而言太大了。」

「沒這回事……」

「又大又重的輪椅、塞在架子裡的水和行李、繞著園區走的地圖。全部都是為了消耗體力，在人數不多的情況下也能成功限制人身自由。」

花穎盯著壹葉壓制她說：

「目標是我。主謀是妳吧，壹葉小姐？」

壹葉的眼睛瞪得像銅鈴般大。

她的嘴巴無聲地動了動。花穎避開桌子，站在壹葉的身邊。

「犯人一直強調要和家人商量。本來小孩子被綁架就是家人會商量想辦法。知道我們家情況不同，比起贖金更執著於把家人叫過來的目的，是家父嗎？」

「……！」

壹葉的判斷很快。

「藤崎，過來！」

「是。」

一道沒聽過的聲音回應道，門打開了。壹葉衝下椅子，跑向門的方向。

追著她的花穎一回頭，看到三名男女站在門口。

西裝防毒面具男、皮製工作服的防毒面具女，還有身著黑色洋裝的黑長髮女子。

壹葉抓著黑色洋裝的女子，兩旁的男女拿下防毒面具，露出不像日本人的五官。

「初次見面，烏丸花穎少爺。敝姓藤崎，是久丞家的褓姆。這兩位是小褓姆妮可和打雜的（odd man）米夏。」

「這個小少爺真的很讓人火大耶。古菈，可以揍這傢伙嗎？」

「妮可，不行。他也是主人喔。」

藤崎以無害的笑容阻止妮可躍躍欲試的拳頭，米夏則默默撿起妮可扔在地上的防毒面具。

花穎退後半步，拉開距離。

「俄羅斯人？」

「這兩位是。因為配合老爺的工作，久丞家的人至少要會日文、英文和俄羅斯文。」

「這是久丞家的意思嗎？」

「在久丞家中也有特別侍奉壹葉小姐的人。」

「那麼，如果久丞家當家知道的話，你們會很麻煩吧？」

花穎以挑釁的口氣試圖動搖他們的意志。但是，藤崎卻露出了更加溫柔的笑容回覆說道：

「我是褓姆，這孩子是小褓姆。注重教育的夫人在適合的時機下，應該就會為壹葉小姐雇用家庭教師。我們沒多久就會被解聘了。」

「也有同時雇用兩者的情形。」

「男性可能不太清楚吧。女人的工作職場是很恐怖的喔。您不知道從百年多以前，家庭教師和褓姆之間就容易引發紛爭嗎？」

藤崎的話語和表情十分不一致。難以形容的噁心感化為不安，席捲著花穎。

「既然一定會被開除，我想那就當成留給後人的禮物，做件轟轟烈烈的大事。製造回憶。」

壹葉緊抓藤崎的腰際。藤崎笑得輕柔，慈愛地摸著她的頭。

壹葉哭腫的眼睛發紅，從藤崎的手臂下方瞪著花穎。

「為什麼真一郎老爺的小孩是你？」

眼淚流下壹葉的臉頰，一眨眼，長長的睫毛又彈落了淚珠。

「我比你喜歡真一郎老爺一百倍，比你想見真一郎老爺一千倍。」

「壹葉小姐，沒事的。就算被花穎少爺識破，情況也不會改變。」

藤崎溫柔地安慰壹葉。

「對啊。只是在真一郎來之前得繼續下去。」

「是真一郎老爺，妮可。」

「我知道啦。」

妮可瞪了米夏一眼，偷覷了壹葉一下後，像是洩憤般地朝花穎丟出強勢的口氣和眼神。

「就是因為這樣，所以你暫時還要再留在這裡。」

「恐怕辦不到。」

「什麼……！」

花穎的拒絕似乎和妮可的預期相反。她一臉驚訝，睜大嬰兒藍的眼睛。花穎重申了一次拒絕：

「因為他好像馬上就會來接我了。」

所以，花穎等著。

「照我家執事的說法，執事似乎絕對不會背叛主人。」

花穎記得衣更月說過的話。

妮可得意地挺起皮製工作服的胸膛哼道：

「從他說要來接你已經過了兩天囉？你還相信他？」

「我不會把無法信任的人放在身邊。」

妮可啞口無言。藤崎和米夏表情凝重。

壹葉皺緊眉頭。從藤崎身上影響洋裝腰線的皺褶，可以看出壹葉用了多大力氣在抱著她。

「那個人作弊。他讓錯的人來車站，也沒跟你說領帶的事。他不信任花穎少爺。」

「我也這樣覺得。」

「大人都這樣。因為對方是小孩所以隨便許下承諾，又輕易打破，之後連打破承諾的事都忘了。真一郎老爺也是……因為我是小孩，所以不相信我的心情，不讓我證明。」

「妳只能信任相信自己的人嗎？」

總覺得有點不合理，花穎傾首表示不解。

「雞生蛋還是蛋生雞？如果大家都只信任相信自己的人的話，就一輩子無法相信任何人了。」

所以，雖然衣更月不相信花穎很令人生氣、不甘心、也想要遷怒一番，但都不構成花穎不相信衣更月的理由。

「我相信那傢伙說的話。」

壹葉像是要逃避花穎的聲音般搖著頭，雙手遮住耳朵蹲下。

「……我果然該揍你。」
妮可向前，米夏與她呼應，丟開防毒面具。
「壹葉小姐，我們走吧。」
藤崎的笑容優美得宛如在另一個次元。
要被揍了。
衣領被妮可抓起，花穎咬緊牙關，驚訝於她的拳速。
「！」
一陣衝擊。然而，力量並非施在花穎身上。
搖晃的是建築物。
大門從外面被踢破了。
花穎的膝蓋失去了力氣，要不是妮可抓住他的衣領，他就要跌坐在地上了。
「太慢了。」
這是花穎誠實的感想。
「因為您指示慢慢來就好。」
衣更月不慌不忙地回答，並從妮可手中拉開花穎，以一如往常的冷淡神情嘆了一口氣。

「為什麼你會知道……」

壹葉驚懼的臉上，淚水和表情同時凍結，躲在藤崎身後，一副快暈倒的樣子。

「是花穎少爺的指示。『韓賽爾和葛麗特「的」糖果屋』。」

一切如花穎所想。衣更月冷靜地解開了花穎傳過去的情報。花穎拿開衣更月的手，坐在椅子上。他的膝蓋現在因用盡力氣而發抖。

「假設韓賽爾是花穎少爺，葛麗特就是壹葉小姐了。我從壹葉小姐名下的物件中，鎖定交付贖金地點附近的範圍，調查周邊人員的出入。」

「那裡的房間也有木屋喔。」

「赤目先生！」

「呦，花穎。」

赤目輕巧地跳躍穿過房門，打量室內。

「在家裡面蓋木屋，小孩的想法真是有彈性啊。不，花穎也是耶。」

「反正我是小孩。」

「你為什麼會知道？」

儘管花穎扯開了話題，但赤目的好奇心十分惡質。花穎不悅地撇開頭。

「因為光的顏色全都一樣。」

「光的……顏色？」

米夏訝異地皺起臉龐。花穎指著霧玻璃。

「如果那是太陽光的話，每天的顏色會有微妙的不同，也會跟著天氣、日出的角度而變化。所以我想那是電燈製造出來的光。」

花穎看到人工的光線，想起桐山在久未使用的廄舍裡蓋狗屋的事，進而才想到這裡是雙重構造。玩娃娃屋是少女的生命禮儀。

「還有，因為壹葉小姐的臉色也是白的。」

「我的臉色？」

壹葉以手掌觸摸淚水濡濕的臉頰。

在遊樂園的時候，壹葉的臉有好幾次都看起來紅紅的。但是，她不可能因花穎而臉紅。

「因為家父或許在家的關係，所以妳是化妝後過來的吧？我想妳在被帶去打威脅電話的時候，應該有洗臉也有沖澡，可能也吃了東西。」

「不要小看壹葉小姐的決心。她有忍耐不吃點心喔。」

藤崎看起來像微笑的表情因為妮可的抗議微微歪了一下。赤目拍著膝蓋大笑出聲。

「我就覺得妳突然說要去烏丸家很奇怪，硬跟去果然是對的。」

「對什麼？」

「超好玩的。」

好奇心是一種毒。但用在赤目身上，他或許會連同周圍一起毀滅。

此時此刻，米夏和妮可瞪著赤目，藤崎的笑容則凍結在絕對零度。

壹葉跌坐在地，用幾乎快消失的聲音喃喃說著：

「討厭。」

她以大哭後的嘶啞聲音喊著，連藤崎伸向自己的手也拒絕了。

「大家都討厭。」

這就太過分了。

「妳的褓姆們為了妳一起做壞事，妳卻這樣嗎？」

聽到花穎的問話，壹葉似乎才意識到自己連藤崎他們都拒之於外。臉上浮現後悔的表情，下不了台似地焦急辯解：

「可是，他們說因為馬上就要辭職了，就算被爸爸媽媽罵也沒關係……」

「他們代替妳接受令尊令堂的斥責，面對警察，也應該打算說是自己提議策劃的吧？」

「警察？」

彷彿有電流竄過身體般，壹葉猛然抬起臉看著藤崎。

「你們說過誰也沒受傷，也沒有拿錢，只會挨爸爸媽媽一頓念對吧？藤崎、妮可還有米夏。」

三人避開了壹葉的眼神。

不用確認都知道，他們喜歡壹葉的心情早已超過了職務的範圍。

「我認為，妳『重要的邂逅』不只我父親。」

花穎這麼一說，壹葉和三名傭人全都靜默下來。

花穎再也不想待下去，快速起身。

「衣更月，回去囉。」

「是。」

衣更月扶著踉蹌的花穎，轉頭向壹葉說道：

「關於非法入侵罪，請和那邊的律師討論。關於綁架罪，我們之後會重新與府上聯絡。」

就像下詰將棋一樣，衣更月冷靜地斬斷了壹葉的退路。

壹葉宛如遭到沉默中的沉默擊潰般，頭低得下巴都快抵到胸前。只要遭衣更月的白眼一瞪，恐怕即使是大人也會如此吧。

「不要威脅比你小一輪以上的小孩。說到底，是爸爸不遵守約定的錯。」

花穎輕握拳頭，朝衣更月的手臂一擊。

「赤目先生，還有一間房間在哪裡？我要把東西帶回去。」

「什麼，已經結束了嗎？」

「……你不是為了要結束事情才來的嗎？」

赤目不負責任地笑了笑，打開木屋的大門。

花穎跟在他身後。

真虧他們能把木屋搬進來。沒有布袋遮蔽看到的木屋外頭，是寬敞房間的室內。外觀做得不像一般室內講究，看得出匆忙趕工的痕跡，不過腳邊鋪設的木板一路延伸到走廊。花穎之前似乎就是走在這上面的樣子。

花穎在另一間房裡造的木屋中，確認包包內容後背在肩上。回程經過剛剛那間房間時，看到壹葉與藤崎、妮可抱成一團的景象。獨自站著的米夏注意到花穎，行了個禮，因此花穎也回以微笑。

穿過走廊，發現玄關門鎖遭到破壞後，花穎一邊思考著這種程度是不是賠償比較好，一邊跨過門檻離開了房子。

外頭是兩日不見的太陽。

「啊——好想洗澡。想吃熱熱的飯。」

「我馬上準備。」

衣更月規矩地回答花穎的自言自語，步向車子的方向。赤目似乎早已進入車內。花穎仰望太陽，瞇著眼看著眩目的陽光。

「花穎少爺！」

尋聲回過頭，便看見壹葉朝花穎追來。因為壹葉伸直了身體，因此花穎一彎身，她便將雙手放在花穎耳邊努力地放低音量。

是自古流傳下來的規定。

花穎的表情自然地放鬆。

「謝謝。」

花穎向壹葉道謝，把手放在她的頭上。壹葉鼓起微微發紅的臉頰說了聲：

「對不起。」

少女抓住了花穎的衣角。

7

泡了澡，伸展四肢睡了一覺，吃了溫暖的食物。全身沐浴在太陽與樹木的綠意裡，抱了小狗，撫摸牠的毛髮。能量似乎通過一個個細胞。

「這是？」

花穎指著放在桌上的信封向衣更月問道。

「是真一郎老爺和鳳署名的推薦函。」

「有誰要辭職了嗎？」

花穎抱緊胸前的小狗。

峻熱好的洗澡水和鋪好的棉被、葉繪做的食物、桐山整理的庭園、駒地的迎接，少了哪一個人花穎就沒有現在的寧靜。花穎想盡速檢視他們的待遇，但原來衣更月說的不是烏丸家的事。

「雖然由別人家推薦是特例，但聽說內容是推薦久丞家的褓姆兼任家庭教師一職。老爺說如果您也同意的話，就請您一起署名。」

「褓姆？是那個日本人啊，她好像是叫藤崎？」

「是的。她一邊當褓姆一邊接受久丞家的贊助從大學畢業。從成績來看，要推薦當家庭教師是完全沒有問題的。」

「呼……真令人吃驚。」

花穎放下小狗，打開信封，衣更月遞上了鋼筆。

信封裡還有一封信讚揚久丞家的功績，同時還稍微補充了一段內容稱讚妮可和米夏的身手與忠心。

花穎加上自己的署名，將推薦函與信放回信封，在封蠟上蓋上烏鴉刻印。

「爸爸和鳳應該是在對一切瞭若指掌的情況下旁觀吧。」

就算是在旅行，若不是一直故意忽略，不可能完全聯絡不上。大概是想和壹葉過度的執著拉開距離，順便當作危急狀況的預演吧。

他們之所以能這麼大方，是源於無論何時都能應對的自信與經驗養成的餘裕。

「好像贏不了他們。」

花穎無意識地疊著盤中的貓舌餅乾。烤得均勻一致的美麗色澤，療癒了花穎疲憊的內心。

衣更月還是一如往常，冷淡地為空杯注入紅茶。

「昨天的花穎少爺，有展現出符合烏丸家一家之主的威嚴。」

「！」

衣更月說了不同以往的話。

花穎心想是不是自己產生幻聽了，不知不覺中身體探出桌子。貓舌餅小塔劈里啪啦地倒了下來。

「真的嗎？哪裡？在哪個地方？你從哪裡開始聽的？」

「看來您不是有自覺才說的呢。」

「所以我問你是哪裡啊。」

「原來是運氣好擊中而已。」

衣更月的語氣非常冷淡。花穎覺得太陽穴都要抽筋了。

「如果這是在跟主人說話，還真是不得了的話耶。」

「如果，嗎？」

「不是如果。」

花穎雙手拍桌站了起來。

「烏丸家的主人是我！」

「我明白。」

衣更月無所謂地將花穎用盡全力的聲明聽過去，手中拿著空茶壺行了個禮。姿勢良好的西裝背影，從陽台走入家中。花穎以深感懷疑的眼神盯著那道背影。

那件事是真的嗎？

『花穎少爺。』

離開時，壹葉叫住花穎，偷偷告訴他一件事。

『執事絕對不會比主人還顯眼。雖然男僕會收下燕尾服或流行的衣服，為了展示主人威儀而打扮，但執事會故意穿著落伍的西裝或是打上顏色不搭的領帶。』

衣更月拿來了新的茶壺。沒有熱度的眼神，就算看著庭院裡奔跑的小狗也沒有一絲變化。

（總有一天，我一定要你承認！）

時間之流徐徐前進，在他打上那條綠色領帶時……

輕文學 Light Literature

鼓笛聲響，橙色燈籠的暈黃火光下，
妖異又美麗的妖怪拉糖舖，悄然開張——

妖怪拉糖舖奇譚

紅玉いづき／著　李逸凡／譯

神社一角，有間由兩名青年經營的拉糖舖。看似普通的懷舊攤販，卻是世上罕見的妖怪拉糖舖。他們依據附在人身上的妖怪之像製成妖怪糖，賦予無形的事物有形的模樣，驅走虛無縹緲的妖怪。但是，縱使他們能驅離他人身上的妖怪，卻無法驅走進駐自己心中之妖……

定價：NT$250/HK$75

輕文學 Light Literature

解咒之路漫長而艱險，但只要行走於正確的道路上，必定會有豁然開朗的一天。

幽落町妖怪雜貨店 1~4

蒼月海里 / 著　徐嘉雯 / 譯

我是御城彼方，因為某些因素，必須住在位於常世與現世交界處的幽落町一年時間。黃昏小鎮幽落町迎來了寒冷冬季。某天，彼方在池袋公園遇見一名神祕的紙芝居藝人，他對小朋友說的「印旛沼之龍」的民間傳說竟是與水脈先生有關的故事！此外，白色惡魔的過往與內心黑暗，終將揭曉！

定價：各 NT$220/HK$68

輕文學
Light Literature

埋葬在過去的黑暗，苛責人心的罪惡感，
——晴的過往之謎　揭曉！

月影骨董鑑定帖 1~3

谷崎 泉／著　林星宇／譯

白藤家即使連在新年期間也不得安寧……晴大學時代的友人突然現身，攪亂他平靜的生活；而蒼一郎回到久違的老家，他姊姊竟提出鑑定骨董的委託。在晴與蒼一郎一同前去拜訪的宅邸中，兩人再次遇上殺人事件！更重要的是——留在該座宅邸內的佛像，是與晴灰暗的過去有關的物品……

定價：各 NT$260~280/HK$78~85

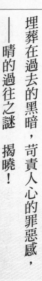

輕文學
Light Literature

椹野道流×緒川千世聯手打造，
令人感動落淚的料理青春小說！

深夜的溫馨晚餐 1~4

椹野道流／著　　徐屹／譯

前型男演員海里於只在晚間營業的「晚餐屋」當學徒，並在這裡找到了自己的容身之處。某一天，哥哥的好友刑警涼彥突然來到店裡，他身上竟纏繞著「圍巾幽靈」！神祕的圍巾究竟為何會出現在他身上……？雖然我們不是你的家人或朋友，但會一直陪伴你！還附食譜喔！

定價：各 NT$240/HK$75

國家圖書館出版品預行編目資料

我家執事如是說 菜鳥主僕推理事件簿 1 / 高里椎奈作；洪于琇譯. -- 初版. -- 臺北市：臺灣角川，2016.06-
冊；　公分

譯自：うちの執事が言うことには
ISBN 978-986-473-164-0(第 1 冊：平裝)

861.57　　105006997

輕文學
Light Literature

我家執事如是說 菜鳥主僕推理事件簿 1
原著名＊うちの執事が言うことには

作　　者＊高里椎奈
插　　畫＊佐原ミズ
譯　　者＊洪于琇

2016 年 6 月 27 日 初版第 1 刷發行

發 行 人＊成田聖
總 編 輯＊呂慧君
主　　編＊李維莉
資深設計指導＊黃珮君
美術設計＊吳佳昫
印　　務＊李明修（主任）、張加恩、黎宇凡、潘尚琪

發 行 所＊台灣角川股份有限公司
地　　址＊105 台北市光復北路 11 巷 44 號 5 樓
電　　話＊（02）2747-2433
傳　　真＊（02）2747-2558
網　　址＊http://www.kadokawa.com.tw
劃撥帳戶＊台灣角川股份有限公司
劃撥帳號＊19487412
製　　版＊尚騰印刷事業有限公司
I S B N＊978-986-473-164-0

香港代理
香港角川有限公司
地　　址＊香港新界葵涌興芳路 223 號新都會廣場第 2 座 17 樓 1701-02A 室
電　　話＊（852）3653-2888

法律顧問＊寰瀛法律事務所